제임스 조이스

어느 더블린 사람에 대한 일대기

DUBLINES
Copyright © 2011, 2020 by Alfonso Zapico
All rights reserverd.

Korean translation copyright © 2021 by Amunhaksa
Korean translation rights arranged with Astiberri ediciones. www.astiberri.com
through EYA(Eric Yang Agency)

이 책의 한국어판 저작권은 EYA(Eric Yang Agency)를 통해
Astiberri ediciones. www.astiberri.com과 독점 계약한 '도서출판 어문학사'에 있습니다.
저작권법에 의하여 한국 내에서 보호를 받는 저작물이므로 무단전재 및 복제를 금합니다.

제임스 조이스

어느 더블린 사람에 대한 일대기

알폰소 자피코 지음   장성진 옮김

어문학사

『제임스 조이스 : 어느 더블린 사람에 대한 일대기』에 대한 호평

"자피코는 한때 논란의 중심이 되기도 했었던 천재 작가 제임스 조이스의 삶을 가감 없이 아주 잘 그려냈다. 자피코의 천재적이고 예술가적 기질은 매 페이지마다 빛나고 있다."

《포틀랜드 북 리뷰(Portland Book Review)》

"자피코의 조이스 만화평전은 문학에 관심 있는 독자들, 고등학교 학생을 포함한 성인이라면 꼭 읽어볼 만한 유쾌한 조이스 입문서이다. … 자피코는 조이스의 파란만장했던 삶을 이해하기 쉽게 풀어냈다. … 전통적인 시간의 흐름 기법, 흑백의 그림, 그리고 수묵화 기법을 사용한 자피코 특유의 일러스트레이션은 단숨에 독자들의 관심을 끌었다. 그리고 자피코는 조이스 특유의 유머와 반항기 어린 기질을 때로는 과감하게 때로는 섬세하게 그려내고 있다. 그렇다고 자피코는 독자의 관심을 끌기 위해, 조이스의 삶을 과장하거나. 선정적으로 다루거나. 또 미화하지도 않았다. 자피코의 이런 진실된 묘사 덕택에, 독자들은 조이스의 삶과 그의 작품을 있는 그대로 이해할 수 있을 것이며, 이에 대한 만족감으로 이 평전의 마지막 페이지를 닫을 것이다."

《라이브러리 저널(Library Journal)》

"책 표지의 우중충한 조이스 사진에 익숙했던 독자들은 아일랜드에서 가장 유명하고 진취적인 작가의 삶을 이렇게 멋지고 유쾌하게 그려낸 자피코의 만화평전에 놀라움을 금치 못할 것이다."

《북라스트(Booklist)》

"자피코는 정적인 만화 프레임을 그만의 뛰어난 작화력을 통해서 생동감이 넘치도록 만들었으며 … 그동안 많은 전기 작가들이 다루었던 조이스의 지적이고 예술가적인 삶이 아닌 성적으로 다소 문란했었던 인간 조이스의 삶을 제대로 보여주었다."

《걸스라이크코믹스닷컴(girlslikecomics.com)》

"조이스의 장대한 삶에 대한 자피코의 감각적이고도 세밀한 묘사는 이 만화평전의 권위를 한층 더해줄 것이다: 격변기 시대 더블린의 우울함, 오스트리아-헝가리제국의 마지막을 함께했던 트리에스테의 세련된 코즈모폴리터니즘, 그리고 양 대전 사이에 파리에서 태동된 모더니즘 등이 자피코 특유의 그림체를 통해서 생생하게 그려졌다. … 특히, 자피코는 이전 평전과는 달리 조이스와 관련된 정치와 역사적인 문제들을 자세하게 다루었다. … 자피코는 이 만화평전을 통해서, 위기의 시대에 한 예술가가 자신의 독립성을 어떻게 확보할 수 있었는지 우리에게 진솔하게 들려주고 있다. 이 이유만으로도, 위대한 아일랜드 작가인 조이스가 자신의 이야기를 그린 이 만화평전에 경의를 표할 지도 모르겠다."

《레인 택시 리뷰(Rain Taxi Review of Books)》

"알폰소 자피코의 『제임스 조이스: 어느 더블린 사람에 대한 일대기』는 수수께끼와 같은 인물인 조이스의 생애를 그림을 통해서 명쾌하게 그려내고 있다. … 그의 탁월한 일러스트레이션을 통해, 우리는 조이스에게 많은 영향을 주었지만 그동안 우리에게 잘 알려지지 않았던 인물들과 조이스가 위대한 작가로 성장하는 데 자양분이 되어주었던 국제적인 도시들에 대해서도 잘 알 수 있었다. … 이와 더불어, 자피코의 유쾌하고 호소력 넘치는 글은 그의 독특한 그림체와 완벽하게 어우러졌다. 조이스 작품에 이미 익숙한 독자에게도 … 혹은 조이스의 작품에 관심 있는 독자에게도, 자피코의 『제임스 조이스: 어느 더블린 사람에 대한 일대기』는 아주 훌륭한 입문서가 될 것이다."

《포워드(Foreword)》

"대단하다. … 조이스 그리고 그가 온 마음을 다해서 사랑했던 아내 노라의 생애가 여기 우리 눈앞에 생생하게 펼쳐지고 있다."

《아이리쉬 인디펜던트(Irish Independent)》

"조이스의 삶을 다룬 책들은 많지만, 자피코의 만화평전처럼 페이소스와 놀라울 만한 흡입력을 가진 책은 아주 드물다. … 『제임스 조이스: 어느 더블린 사람에 대한 일대기』는 어떤 하찮은 이야기라도 자피코 특유의 작화력으로 웃음, 감동, 그리고 재미가 넘치는 이야기로 만들어 버린다."

《아이리쉬 센트럴(Irish Central)》

"훌륭한 책 … 그리고 훌륭한 만화가"

《포비든플래닛(forbiddenplanet.co.uk)》

"자피코는 그의 만화평전을 통해서 조이스의 작품을 어려워하거나 사전처럼 두꺼운 조이스의 자서전을 선뜻 읽을 엄두를 내지 못했던 독자들을 단숨에 사로잡았으며, 아일랜드의 거장인 조이스의 삶과 그의 예술가적 기질을 가감 없이 표현해 냈다."

《커커스(Kirkus)》

차례

『제임스 조이스 : 어느 더블린 사람에 대한 일대기』에 대한 호평
— 4 —

1장

조이스 가족

— 13 —

2장

젊은 반항아

— 39 —

3장

새로운 세상

— 71 —

4장

자발적 망명

— 119 —

5장

조이스와 셰익스피어 앤드 컴퍼니

— 157 —

6장

『집필 중인 책』

— 185 —

7장

마지막 여정

— 221 —

옮긴이의 말

— 238 —

1장

조이스 가족

제임스 조이스 1세

제임스 조이스의 증조부인 제임스 조이스 1세는 19세기 초반 코크(Cork)에서 태어났다. 그의 파란만장했던 삶은 그가 속한 백의당(Whiteboys)을 보면 잘 알 수 있다. 백의당은 1760년대 초반, 지주에게 저항하기 위해서 만들어진 비밀 결사대로, 대부분 가톨릭 선동가들이었다. 그는 백의당의 일원으로 일했다는 이유로 사형선고를 받았지만, 후에 운 좋게도 이 선고가 취소되어 목숨을 부지할 수 있었다. 정말 운이 좋은 사람이었다.

조이스 1세의 후손들은 그의 열정적인 애국심을 물려받았다. 물론, 그의 후손들은 조이스 1세의 성직자에 대한 깊은 경멸과 함께, 손만 대면 사업을 말아먹는 똥손 또한 물려받았다. 조이스 가문에서 그의 똥손은 누구보다도 두드러졌다. 1837년, 조이스 1세는 코크 근처에 있는 라임 광산과 소금에 대한 사용허가권을 획득하였다. 당시 이 사업은 아주 유망한 사업이어서, 정말 아주 큰 실수만 하지 않는다면 조이스 1세는 많은 돈을 벌 수 있었다. 그러나 조이스 1세는 똥손답게 사업을 말아먹고, 1852년에 파산하였다.

제임스 조이스 2세

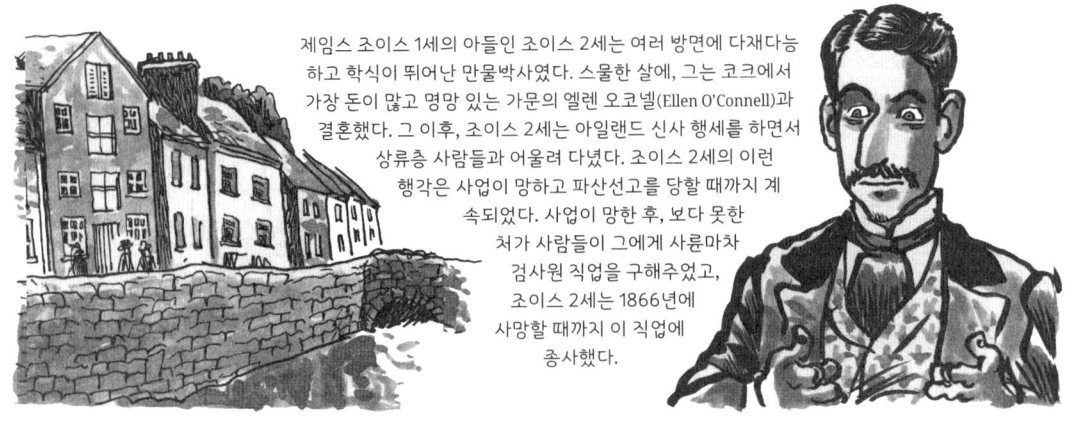

제임스 조이스 1세의 아들인 조이스 2세는 여러 방면에 다재다능하고 학식이 뛰어난 만물박사였다. 스물한 살에, 그는 코크에서 가장 돈이 많고 명망 있는 가문의 엘렌 오코넬(Ellen O'Connell)과 결혼했다. 그 이후, 조이스 2세는 아일랜드 신사 행세를 하면서 상류층 사람들과 어울려 다녔다. 조이스 2세의 이런 행각은 사업이 망하고 파산선고를 당할 때까지 계속되었다. 사업이 망한 후, 보다 못한 처가 사람들이 그에게 사륜마차 검사원 직업을 구해주었고, 조이스 2세는 1866년에 사망할 때까지 이 직업에 종사했다.

존 조이스

제임스 조이스의 아버지는 꽤 복잡한 성격의 소유자였으며, 이 중에는 후에 제임스 조이스를 위대한 작가로 만들어 준 천재적인 재능들도 포함되어 있었다. 그는 모범생이자, 높이뛰기 챔피언, 명사수, 훌륭한 크로스컨트리 러너, 가수, 그리고 연기자였다. 존의 문제점은 그가 너무 많은 재능을 가지고 있었다는 것이었다. 그는 이 다양한 재능 때문에, 인생에서 많은 실패를 경험했다. 젊은 시절의 무모함 때문에, 존은 여러 문제를 일으켰고, 결국 존의 어머니는 더블린으로 이사했다. 어머니는 더블린에서 살면서 당신의 이 문제아 아들이 이제는 방황을 멈추고 평범한 직장에서 일하길 원했다. 그러나 어머니의 생각과는 달리, 존은 자그마한 돛단배를 사서, 인생의 대부분의 시간을 달키(Dalkey) 해안가를 따라 항해하면서 보냈다.

존은 더블린의 변두리에 있는 증류주 공장을 어떤 코크 출신 사람에게 소개받았다.

사실 존은 사업에 관해서는 거의 문외한이었다. 존은 어느 날 자신의 사업 파트너가 자기에게 사기를 치고 회삿돈을 모두 가지고 도망쳤다는 사실을 알게 됐다. 이 때문에 존의 채플리조드 증류 회사는 파산하고 말았다.

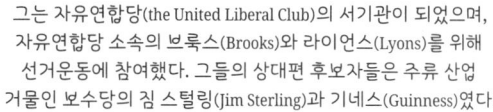

그러나 행운의 여신은 이 카리스마 넘치는 존을 버리지 않았다. 애국주의자였던 존은 자신의 남은 생을 아일랜드의 독립을 위해 바쳤다. 1880년에 총선거가 있었다.

그는 자유연합당(the United Liberal Club)의 서기관이 되었으며, 자유연합당 소속의 브룩스(Brooks)와 라이언스(Lyons)를 위해 선거운동에 참여했다. 그들의 상대편 후보자들은 주류 산업 거물인 보수당의 짐 스털링(Jim Sterling)과 기네스(Guinness)였다.

브룩스와 라이언스는 당선되었고, 존은 이에 대한 보상으로 더블린 세금사무소에서 평생직장을 보장받았다.

사회적으로 그리고 금전적으로 이제 모든 것이 갖춰진 존에게 남은 것은 결혼뿐이었다. 존은 많은 여성 중에서 라스가(Rathgar) 교회 성가대에서 그와 같이 노래를 불렀던 젊은 여성에게 호감을 가졌다.

그녀의 이름은 메이 머리(May Murray)였고, 금발 머리인 그녀는 무한한 인내심을 가진 여자였다.
그녀도 이내 유머러스하고 고상한 테너 목소리를 가진 존에게 끌렸고, 그들은 남들이 보기에도 '천생연분' 커플이었다.

물론, 모든 사람들이 이 둘의 미래를 축복해주지는 않았다. 메이의 아버지와 존의 어머니는 이 둘의 관계를 대놓고 반대했다.

내 딸한테서 꺼져, 이 술 주정뱅이야

머리는 우리 가문과 맞지 않아!

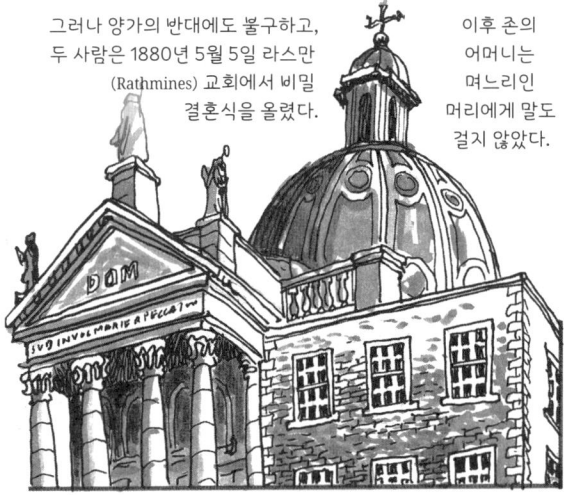

그러나 양가의 반대에도 불구하고, 두 사람은 1880년 5월 5일 라스만(Rathmines) 교회에서 비밀 결혼식을 올렸다.

이후 존의 어머니는 며느리인 머리에게 말도 걸지 않았다.

존과 머리는 양가로부터 어떤 도움도 받지 못했지만, 그들은 매우 행복했다. 존은 처갓집 사람들을 너무나 싫어해서, 그들을 경멸에 찬 농담과 욕설들로 놀려대곤 했다.

존은 머리의 아버지인 존 머리가 결혼을 두 번 했기 때문에, 그를 '늙은 간통자'라고 불렀다.

존은 머리의 오빠인 윌리엄(William)과 존(John)을 비꼬아 '아주 존경할 만한 곤돌라 사공들'로 불렀다. 그리고 또 존은 윌리엄을 '키 작은 주정뱅이 사무원'으로 그리고 존을 '코넷 플레이어 (속으로 코카인 중독자)'라고 불렀다.

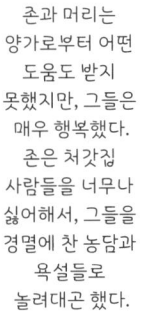

나아아아아

그리고 머리는 사촌이 있었는데, 그는 성직자였지만 나중에 미쳐서 그의 교구를 잃어버렸다.

존과 머리는 평생 동안 열정적으로 아이를 많이 낳았다: 1882년 2월 2일에 제임스 오거스틴 앨로이시어스(제임스 조이스)가 태어났고, 1883년에 태명이 포피(Poppie)인 마거릿 앨리스(Margaret Alice)가, 그리고 1884년에 스태니슬러스(Stanislaus)가 태어났다. 뒤를 이어, 1886년에 찰스 패트릭(Charles Patrick)이, 1887년에 조지 앨프리드(George Alfred)가, 그리고 1889년에는 아일린 이사벨 메리(Eileen Isabel Mary)가 태어났다.

메이 캐슬린(May Kathleen)은 1890년에, 에바 메리(Eva Mary)는 1891년에, 플로렌스 엘리자베스(Florence Elisabeth)는 1892년에, 마지막으로 '아기(Baby)'라고 불렸던 메이블 조지핀 앤(Mabel Josephine Anne)은 1893년에 태어났다. 총 4명의 사내아이와 6명의 여자아이가 태어났다. 어마어마한 대가족이었다.

존 조이스는 이 많은 아이들 중에서, 첫째 아들인 제임스 조이스를 가장 사랑했다. 아마도 존은 아들 조이스의 초롱초롱하게 빛나는 눈을 보면서, 조이스가 자신의 재능과 자유분방함을 그대로 물려받았다고 직감적으로 느꼈던 것 같았다. 아이들이 조이스에 대한 아버지의 편애를 노골적으로 싫어했지만, 존은 첫째 아들에 대한 자신의 무한한 사랑을 숨기지 않았다.

짐도 아버지의 이런 사랑에 보답하듯 아버지를 유독 잘 따랐는데, 아마도 짐 또한 자신이 아버지의 이런 다재다능한 성격을 물려받은 것을 아는 듯했다.

1882년, 조이스 가족은 더블린의 남쪽 교외 지방인 라스가(Rathgar)에서 살았다. 그러나 아이들이 많이 태어나자 그 넓은 집이 이제는 너무 작은 듯했고, 2년 후에 더 큰 집으로 이사 갔다.

5월 초, 그들은 해안가 아주 조용한 브레이(Bray)로 이사했다.

철도를 이용하면 더블린에서 브레이는 그다지 멀지 않은 곳이었다.

처갓집 사람들에 대해 항상 곱지 않은 시선을 가졌던 존은 그 사람들이 자신들의 소중한 돈을 낭비하면서까지 이곳에 오는 수고를 하지 않을 것이라고 생각했다. 존에게는 브레이에서 사는 것이 오히려 잘된 일이었다.

해안가에 위치한 조이스의 자그마한 집은 아이들이 걱정 없이 클 수 있는 아름답고 건강한 보금자리였다. 짧았지만 이 황금과 같은 시간에 아이들은 재미있게 뛰어놀았으며, 집 안에는 항상 웃음이 넘쳐났다.

상대적으로 가장 나이가 많았던 두 형제 사이의 차이점은 눈에 띄게 도드라졌다. 첫째인 짐은 '웃음이 가득한 친근한 짐'으로 불렸지만, 짐보다 어린 동생인 스태니슬러스는 퉁명스러워서 그냥 '존 오빠'라고 불렸다.

조이스 가족은 이웃인 화학자 존 밴스(John Vance)와 피아노 치면서 노래 부르는 것을 좋아했고, 저녁마다 이 아늑한 집은 음악과 노래로 가득 찼다.

짐은 밴스의 딸인 아일린(Eileen)과 친하게 지냈다.

그러나 밴스 가족 사람들은 신교도들이었다. 조이스의 가정교사는 짐에게 신교도 사람들과 친하게 지내면 영원히 지옥에서 고통을 받을 것이라고 엄포를 놓았다.

콘웨이 선생님이 너희 신교도 사람들은 지옥에 갈 거래. 그리고 내가 너를 계속 만나면 나도 지옥에 갈 거래.

너는 어떻게 하고 싶은데?

흠

그럼 머 같이 지옥가지 머.

1888년, 영국 정부는 아일랜드를 문화, 정치, 그리고 군대를 통해서 전방위적으로 압박하기 시작했다.

그러나 아일랜드에는 아일랜드 의회당(the Irish Parliamentary Party)의 리더인 '무관의 제왕' 찰스 스튜어트 파넬(Charles Stewart Parnell)이 있었다. 그를 지지하는 85명의 하원의원들과 함께, 파넬은 아일랜드의 독립을 위해서 꾸준히 투쟁해오고 있었다. 그러나 아일랜드의 '자치 통치(Home Rule)'는 결국 실패했고, 파넬의 실각은 두 가지 면에서 크나큰 비극이었다.

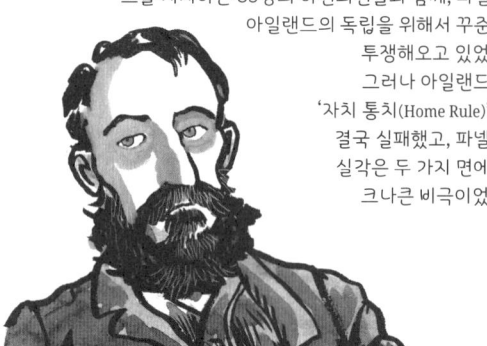

1892년, 영국 자유당, 보수당, 국교회, 그리고 심지어 자신이 속한 아일랜드 의회당조차 파넬에게 등을 돌렸다.

파넬을 실각시키기 위해, 보수신문사는 먼저 피닉스 공원에서 악행을 저지른 정치 살인마들과 파넬을 엮으려고 했다. 그러나 파넬은 이런 음모에 눈 하나 깜빡하지 않았다.

첫 번째 시도가 실패한 지 얼마 되지 않아서, 그들은 두 번째 음모를 꾸몄다. 사실 파넬은 결혼한 유부녀인 키티 오셔(Kitty O'Shea)와 10년 동안 내연관계에 있었다.

키티의 남편인 오셔 대위는 이 둘의 관계를 이미 알고 있었지만, 하원의원 자리를 약속받았기 때문에 모른 척하고 있었다. 그러나 상황이 좋지 않게 흐르고 있었다.

파넬을 지독히도 싫어했던 아일랜드 가톨릭교회는 그의 불륜을 기회로 삼아 파넬 지지를 철회하는 캠페인을 시작했다.

가톨릭교회의 주교는 파넬의 오른팔인 팀 힐리(Tim Healy)에게 파넬의 실각을 서두르라고 재촉했다. 공공연하게 파넬을 지지했던 힐리는 당 지도자를 바꾸는 것에 양심의 가책을 느꼈지만, 결국 이 계획에 암묵적으로 동의했다.

영국 총리인 윌리엄 글래드스턴(William Gladstone) 또한 '간통을 저지른 죄인'을 빨리 처리하라고 재촉했다. 사실 영국 상류층 사람들의 주된 취미가 난잡한 성생활과 여우 사냥인 것을 생각해보면 파넬을 간통을 저지른 죄인으로 몰아서 실각시키려는 그들의 계획이 얼마나 위선적인가를 알 수 있었다.

마침내 구석으로 쫓긴 사냥감은 더는 버티지 못하고 먹잇감이 되고 말았다.

내부적으로도 많은 갈등을 겪은
아일랜드 의회당은 3주 후에 와해되었고,
파넬은 정계 은퇴를 선언했다.

'무관의 제왕'인 파넬은 자신이 사랑하는 키티와 함께 애번데일
(Avondale)에 있는 자기만의 왕국에 정착했다. 그들은 그곳에서
가톨릭 주교가 만들어 낸 온갖 중상모략을 견뎌내야 했다.

이 비극은 파넬이 극심한 고통을 겪고 생을 마감함으로써, 1년 만에 마침표를 찍었다.
그의 죽음으로 아일랜드 역사의 한 챕터가 끝났지만, 파넬의 죽음은 아일랜드 사람들에게는 치유하기
힘든 상처를 만들어 냈다. 이 상처는 치유되는 데, 수년이나 걸렸는데… 많은 아일랜드 사람들은
파넬이 병 때문이 아니라 믿었던 사람들에게 당한 배신감 때문에 죽었다고 믿었다.

존 조이스 또한 파넬의 비극에 매우 실망한 사람 중의 한 명이었다. 파넬이 자신의 정치적 희망과 이상을 가슴 속에 묻었듯이, 존 또한 그 예전의 용감무쌍했던 아일랜드에 대한 낭만적인 환상을 이제는 접어버렸다.

위대한 지도자의 실각은 존의 타락을 통해서 투영되었다. 존은 저녁 내내 이 술집 저 술집을 오가면서 술을 진탕 마셔 댔다.

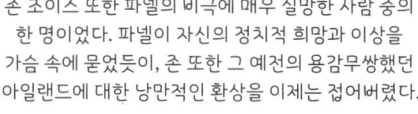

눈덩이처럼 늘어나는 빚을 갚기 위해서, 존은 코크에 있는 재산을 팔아야 했고, 결국 존은 자신이 받았던 모든 유산을 날려버렸다.

후에 존은 담보대출을 받았는데, 이 때문에 자신이 받아야 할 많은 양의 연금을 포기해야 했다.

상황이 더욱 안 좋아지자, 존은 다시 담보대출을 받았고, 급기야 파산하고 말았다.

조이스 가족은 파넬의 실각과 자신들의 불행에 무언가 깊은 연결고리가 있다고 생각했다.

심지어 당시 9살이었던 우리의 조이스는 파넬의 실각에 대한 시를 썼는데, 이 시에서 조이스는 파넬을 배신한 팀 힐리를 신랄하게 비판했다.

그 시의 제목은 「힐리, 너마저도(Et tu, Healy)」였고, 전해지는 바에 따르면, 존은 이 시를 너무나 좋아해서, 이 시를 바티칸 도서관에 보내려고 했었다고 한다.

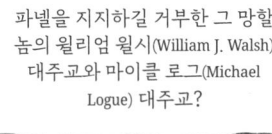

1895년 더블린의 벨베데레 학교
(Belvedere College).

당시 조이스의 품행은 너무나 모범적이고 신실해서, 사람들은 조이스가 성직자가 될 것이라고 생각했다.

조이스의 종교에 대한 열정이 대단했기 때문에, 그는 성모마리아 협회의 대표로 선출되었다. 그러나 소년기와 청소년기의 구분이 모호해지기 시작하는 이때, 조이스는...

어느 날, 조이스는 '스위트 브라이어 (Sweet Briar)' 극장에서 연습을 마치고 집에 가는 도중에...

"어이, 꼬맹이! 이 늦은 시간에 뭐하시나?"

"호, 호, 호"

"저, 죄송하지만, 저에게 말씀하시는 거세요, 아줌마?"

"바보처럼 그러지 말고, 꼬마야."

"돈은 있니?"

"아니요. 아! 2펜스 있는데요."

"그러면 될 것 같고. 따라와 꼬맹이. 내가 오늘 너를 사내로 만들어 줄게."

타락의 나락으로 빠진 후, 조이스는 양심의 가책 때문에 힘들어했다.

짐의 이상한 행동은 얼마 지나지 않아 교장선생님이자 죄인들에게는 공포의 대상이었던 헨리 신부님의 의심을 샀다.

조이스에게 직접 물어볼 수 없었기 때문에, 교장선생님은 다른 방법을 선택했다.

놀란 신부님은 조이스의 어머니에게 다음과 같이 편지를 보냈다: "자제분이 방황하고 있습니다."

이 암호와 같은 편지는 더 이상 자세한 설명이 없었고, 조이스 어머니의 근심은 깊어갔다.

어머니는 본능적으로 조이스가 성과 관련된 죄를 저질렀다고 생각했다. 그러나 그녀는 착한 조이스 스스로가 죄를 저질렀다고 생각하지 않았다. 어머니는 가정부가 조이스를 꼬드겨서 타락시켰다고 생각하고 그녀를 내쫓았다.

그러나 이 사건 이후에도 조이스는 영적으로 순수함을 잃지 않았다.

조이스는 계속 기도했고 성모마리아 협회 대표 자리도 유지했다.

그런데, 조이스는 죄책감을 느끼는 것보다 이단적인 삶을 사는 것이 편했고, 사실 이게 훨씬 재미있다는 것을 깨닫기 시작했다.

1898년 당시 더블린 대학교(University of College Dublin)는 트리니티(Trinity) 대학교에 비해 여러모로 열악했다. 이 자그마한 가톨릭 대학교는 영국 정부로부터 어떠한 지원도 받지 못했다.

당시 16살이었던 조이스는 이 대학의 언어학부에 입학했다. 대학은 여러모로 힘든 상황을 겪고 있었다.

조지 클랜시(George Clancy)는 조이스의 절친 중의 한 명이었다. 그는 열렬한 민족주의자였다. 클랜시는 아일랜드 구기 종목인 헐링(hurling)을 좋아했으며, 게일어 연맹 일원이었다. 그는 짐에게 (조이스는 아일랜드 문제엔 관심이 없었지만) 게일어 수업을 듣게 했다. 클랜시는 후에 리머릭(Limerick)의 시장이 되었지만, 친영국 성향을 가진 불법민병단체인 블랙 앤 탠스(Black and Tans)에 의해 살해되었다.

프랜시스 스케핑턴(Francis Skeffington)은 조이스에 따르면 그 대학에서 (물론 조이스 다음으로) 가장 똑똑한 학생이었다. 교양이 넘치고, 채식주의자이고, 평화주의자이며, 성별에 관련 없이 평등한 권리를 옹호했던 스케핑턴은 결혼했을 때, 자신의 성을 버리고 아내의 성을 사용했다.

토마스 케틀(Thomas Kettle)은 가톨릭 민족주의자였고, 비록 아일랜드에 대한 생각은 조이스와 달랐지만 둘은 아주 친했다.

1914년에 1차 세계대전이 발발했을 때, 케틀은 자신을 포함해서 아일랜드 사람들이 영국을 위해서 싸운다면 그에 대한 보상으로 아일랜드의 독립을 허가해줄 것이라고 믿었다. 케틀은 1916년, 프랑스에서 전쟁 도중 사망했다.

이런 이상적인 성격을 가진 스케핑턴의 마지막은 참담했고, 이 비극은 1916년 부활절 봉기에 일어났다.

콘스턴틴 커런(Constantine Curran)은 성품이 아주 훌륭했으며, 온화한 성격으로 친구 중에서 조이스가 가장 존중했던 인물이다. 커런은 문학과 건축에 조예가 깊었으며, 후에 대법원에서 호적담당자로 일했다.

많은 곳을 여행하면서, 커런은 자유분방한 유럽사고방식을 접하게 되었다. 그러나 커런은 너무 독실한 신자였기 때문에, 결국 종교가 그의 삶의 의미가 되었다. 그래서 커런은 자유분방한 사고방식과는 다른 전형적인 아일랜드인의 특징인 종교적 편견과 콤플렉스를 가지게 되었다.

존 프랜시스 번(John Francis Byrne)은 조이스의 가장 친한 친구였다. 그는 성격이 단순하고 항상 과묵했다. 번은 스포츠에 재능을 보였고 똑똑했지만, 사실 구제 불능 학생이었다, 그는 여름마다 위클로(Wicklow) 농장에서 지내곤 했는데, 번의 전원에서의 삶을 도시 친구들은 이해하지 못했다. 번과 조이스는 마치 자석처럼 서로에게 끌렸었다. 심하다고 할 정도의 수다쟁이인 조이스와 과할 정도로 과묵한 번, 이 둘은 서로에게 아주 좋은 동반자가 되었다.

마지막으로 소개할 인물은 빈센트 코즈그레이브(Vincent Cosgrave)이다. 그는 심각할 정도로 무지하고, 천박하고, 단순한 인물이었다. 조이스는 사실 개인적으로 코즈그레이브와 그다지 친하지는 않았다. 그러나 코즈그레이브는 조이스가 원한다면 언제든지 같이 술을 마시고 매음굴에 흔쾌히 가주는 그런 친구였다. 코즈그레이브는 너무나도 평범했으며, 불만에 가득 찬 실패자의 삶을 살았다. 코즈그레이브는 점점 더 삶에 회의를 느꼈으며, 런던에서 비극적인 종말을 맞았다. 그는 템스강에서 떠다니는 시체로 발견되었다. 사인은 정확하지는 않으나, 자살한 것으로 추정되었다.

우리가 우리의 실제 삶을 무대에서 그대로 재현해낼 수 있을까요? 어떤 위선자들은 '아니'라고 대답할 겁니다. 그러나 사실 세상이 너무나 빠르게 변하고 있기 때문에…

… 이제 상상 속의 남자와 여자에 대한 망상은 버리고, 우리는 삶을 있는 그대로 받아들여야 합니다. 세상에서 가장 저속하고 파멸당해 마땅한 사람도 연극의 주인공이 될 자격이 있습니다…

우리 집은 정말 천재야!

오버하지마, 커런…

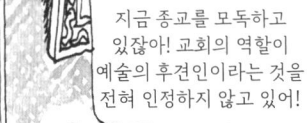
지금 종교를 모독하고 있잖아! 교회의 역할이 예술의 후견인이라는 것을 전혀 인정하지 않고 있어!

이 연설의 마지막을 헨리크 입센(Henrik Ibsen)의 다음과 같은 구절로 마치고 싶습니다.

당장 멈춰, 이 부도덕한 쓰레기 같은 놈아. 넌 지옥에 떨어질 거야.

우리 아일랜드 사람들을 스칸디나비아의 괴물(입센의 희곡에서 등장하는 괴물)의 언어로 오염시키지 말란 말야.

왜 다른 나라 작가만 이야기하고 아일랜드 작가는 이야기 안 하는 거지?

잠시만요.

제가 이 문제들에 대해서 제 생각을 간단히 적어봤어요.

자, 이것이 제 대답입니다.

첫째: 종교는 지금 제 연설의 핵심이 아닙니다. 저는 단지 인간의 행동이 보편적이라는 것을 말씀드리고 싶습니다. 즉, 이러한 행위는 일정 기간, 문화, 혹은 종교와는 전혀 연관성이 없습니다. 둘째…

교회가 예술을 후원한다는 건
사실 이 연설의 주제는 아닙니다.
어쨌든 교회가 예술의 유일한 후원자는 아닙니다.
또한 예술은 교회의 전유물도 아닙니다.

셋째: 입센은 정말 천재입니다.

2장

젊은 반항아

1898년부터 1900년까지, 조이스 가족은 8번이나 이사했다.
늘어나는 빚 때문에, 조이스 가족은...

윈저 거리
(Windsor Avenue)에서...

... 컨벤트 거리로
(Convent Avenue)...

... 리치먼드 거리로
(Richmond Avenue)...

... 로열 테라스
(Royal Terrace)로 등등

조이스 가족에게 외상을 많이 준 가게 주인은 언젠가 돈을 받을 수 있을 거라는 한 줌의 희망을 가지고, 계속 조이스 가족에게 외상으로 물건을 팔았다.

빚에 찌든 삶에 지친 조이스의 동생인 마거릿이 결단을 내렸다.

갖은 노력 끝에, 마거릿은 아버지가 술을 그만 마시고 사람다운 삶을 살도록 설득하였다.

존도 다시 열심히 살아보기로 마음먹고, 가게 빚을 모두 갚았다.

그러나 존이 모든 빚을 갚자마자, 가게 주인은 더 이상 이 기생충들이 가게 안으로 들어오지 못하도록 했다.

화가 난 존은 자신이 앞으로 빚을 갚으면 손에 장을 지진다고 맹세하고, 다시 술을 마시기 시작했다.
그는 이 맹세를 죽을 때까지 지켰다.

한편, 어린 조이스는 아무런 도움도 되지 않는 코스그레이브와 함께 방탕한 삶을 살고 있었다.

그러나 조이스가 1900년에 더블린 문예지인 《포트나이클리 리뷰(Fortnightly Review)》에 글을 기고한 후, 그의 인생은 180도로 바뀌기 시작했다. 조이스가 기고한 글은 입센의 연극에 관한 평론이었다.

이 문예지는 평소처럼 출판되어 배부되었다.

그러나 이 중 한 부가 노르웨이의 크리스티아니아(Kristiania)에 있는 입센의 수중에 들어왔다.

아일랜드 젊은이의 글에 감동 받은 입센은 《포트나이클리 리뷰》 담당자인 아처(Archer)에게 편지를 썼다.

아처는 조이스에게 연락을 했고, 이는 조이스에게 너무나도 뜻밖의 소식이었다.

조이스가 입센의 편지를 읽을 때, 조이스는 자신이 2배나 커진 것 같았다. 물론 키가 2배가 커졌다는 것이 아니라 자부심과 자신감이 말이다.

"... 그리고 내가 영어 실력이 좋았다면, 나는 조이스 씨에게 개인적으로 감사하다고 인사의 말을 전하고 싶다." 와! 이럴 수가!

아일랜드 전역에 걸친 무관심과는 달리, 1902년 더블린 문단은 생기가 넘쳐났다. 당시 너무나도 유명한 작가인 싱(Synge)은 물론이고, 존 오리어리(John O'Leary), 스탠디쉬 오그래디(Standish O'Grady), 셰이머스 오설리번 (Seamus O'Sullivan), 패드라익 콜럼 (Padraic Colum) 과 같은 젊은 작가들이 두각을 보이기 시작했다. 조이스는 이 문단과는 어떤 관계도 없었지만, 후에 그는 이 문단에서 많은 도움을 받았다.

이 문단에 당시 막대한 영향력을 끼쳤던 작가는 다음과 같다:

W. B. 예이츠(W. B. Yeats)는 애비 극장(the Abbey Theatre)과 아일랜드 국립 극단(the Irish National Theatre Company)을 설립했다. 그는 문예부흥 운동 옹호자이었으며 당시 『백작부인 캐슬린(The Countess Cathleen)』으로 많은 인기를 얻고 있었다.

레이디 그레고리(Lady Gregory)로 알려진 이사벨라 오거스타 그레고리(Isabella Augusta Gregory)는 장래가 촉망되는 극작가였다. 예이츠와 같이, 그녀는 주로 아일랜드 민족주의와 켈트족 민담과 전통문화를 다루었다. (사실 그녀가 영국계 아일랜드 귀족인 것을 감안하면 상당히 이례적이긴 하다.)

조지 무어(George Moore)는 이미 소설가, 시인, 문예 비평가. 그리고 극작가로서 그 입지를 굳건히 다졌다. 그의 작품은 대부분이 예이츠와 레이디 그레고리가 주도한 문예부흥 운동과 관련이 깊었다.

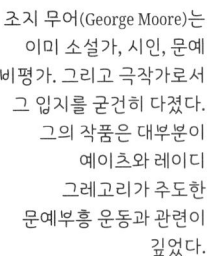

마지막으로, 조지 러셀(George Russell)은 소설가, 화가, 그리고 비평가였다. 러셀은 민족주의자였지만, 조이스는 당시 그를 가장 존경했다. 사실, 러셀은 누구에게나 친절한 사람이었다. 조이스는 러셀의 도움으로 더블린의 문단에 발을 내디딜 수 있었다.

졸업 후에, 조이스는 딱히 어떤 곳에 관심을 두지는 않았다. 그렇지만, 조이스는 자신이 공무원이 되거나, 법에 관련된 일을 하거나, 아니면 학문과 관련된 일에 종사할 것이라고 생각하지는 않았다. 그는 하루 중의 대부분을 더블린에서 풀이 자라는 것을 바라보며 보냈다.

그런데 어느 날, 깊게 생각하지도 않고 조이스는 충동적으로 앞으로 무슨 일을 할 것인가 정했다.

조이스는 더블린에서 의학에 관련된 사람들을 잘 알지 못했다. 그래서 그는 파리에 있는 대학에 등록했다. 언제나 그랬듯, 그는 파리에서 받은 의사 자격증이 더블린에서 인정 받을 수 있는 지에 대해서는 생각조차 하지 않았다. 그냥 무작정 짐을 싸서, 조이스는 1902년 생애 처음으로 더블린을 떠났다.

딱히 별다른 생활수단이 없던 이 아일랜드 학생에게 파리는 너무나 비싼 도시였다. 영어 수업만으로는 생활하기가 너무 힘들었다. 게다가 조이스는 돈을 현명하게 쓰는 편은 아니었다.

아버지가 힘들게 돈을 모아 조이스에게 보내면, 조이스는 이 돈을 오페라, 극장, 그리고 프랑스 와인으로 금세 탕진해버렸다.

집한테 파리에서 편지가 왔어요.

"어머니께, 어머니가 보내주신 3실링 4펜스는 저에게 정말 천금 같은 선물이었어요. 사실 제가 이틀 동안 아무것도 먹지 못했거든요.

만약 돈이 있다면, 저는 아마 오일 난로를 살 거예요. 그래서 돈이 떨어지면, 이 난로에 마카로니를 구워서 끼니를 때울 수 있을 것 같아요.

저는 보통 아침에 자요. 그래야 허기를 덜 느끼니까요... 단식이 제 위에 무리를 주지 않았으면 좋겠어요.

제게 음식 살 돈을 주기 위해서 물건들을 팔고 있나요?"

"추신..."

"여기 어머니가 플룻으로 연주할 만한 좋은 곡이 있어요."

조이스가 크리스마스에 더블린으로 돌아왔을 때, 조이스는 번에게 사과조차 하지 않았다. 화가 난 번은 조이스를 만나려고 하지 않았다.

조이스는 정말로 친구 한 명을 잃었다. 그러나 번의 빈자리는 다른 친구인 올리버 고가티(Oliver Gogarty)가 꿰찼다. 고가티는 이후 조이스에게 상당히 큰 영향을 미친 인물이었다.

1903년 초, 조이스는 의학 공부를 계속하기 위해 파리로 돌아갔다.

조이스는 셔츠를 세탁할 수 있는 돈이 없었고, 셔츠에 묻은 더러운 얼룩 등을 가리기 위해 아주 커다란 남성용 스카프를 매기 시작했다.

매일 술에 찌든 생활을 하는 와중에, 조이스는 파리에 살고 있는 아일랜드 작가인 존 싱(John Synge)과 친하게 지냈다.

싱이 미래에 모든 비평가들에게 극찬을 받을 『바다로 가는 기사들(Riders to the Sea)』을 이제 막 탈고한 후였다.

"싱, 그 원고 좀 볼 수 있을까요?"

"물론이지, 조이스"

조이스는 동향 사람인 싱의 성공을 몹시도 부러워했다. 조이스는 싱의 원고를 꼼꼼히 읽었다.

싱, 저 좀 보세요. 선생님의 글은 뭐라고 할까... 마치 한 편의 비극적인 시인 것 같아요. 이건 드라마라고 부를 수가 없을 것 같고요. 작품에 문제점이 많아요. 선생님도 알다시피 아일랜드는 말만 번지르르한 저급한 가짜 예술이 아닌 진짜 예술을 원하잖아요.

"뭐?"

"이 연극은 단막극이야."

"이 연극에는 나름 좋은 요소들이 많이 있는 것 같은데."

단막극 그리고 별 볼 일 없는 연극. 저는 선생님과 더 이상 말을 섞고 싶지 않네요.

잘가요. 싱.

조이스는 가족들과 친구들로부터 돈을 뜯어내고, 그리고 짧은 평론을 써서 살고 있었다.

조금이나마 여윳돈이 생기면, 조이스는 프랑스 서부의 투르와 같은 곳으로 여행을 떠나곤 했다.

사실 이 여행은 지극히 평범하기 그지없었다. 그러나 길거리 가판대에서 조이스가 우연히 산 책은 그렇지 않았다.

에두아르 뒤자르댕(Edouard Dujardin)의 『월계수는 아름답다』

조이스는 당시 이 책에 대해서 아는 것이 하나도 없었지만, 후에 이 책은 조이스가 『율리시스』를 구상하는 데 많은 도움을 주었다.

당시 사람들에게는 잊힌 뒤자르댕의 현대적인 서술기법과 내적독백은 후에 조이스에게 깊은 영향을 주었다.

한편, 여전히 배가 고픈 조이스는 친구들에게 빌붙는 기발한 방법들을 하나둘씩 터득해나가기 시작했다. 그는 점심시간에 딱 맞춰서 갑자기 나타나서 친구들에게 점심을 얻어먹곤 했다.

이런 방법은 프랑스 친구들에게는 잘 먹혔지만, 영국과 미국 친구들에게는 통하지 않았다.

1903년 4월 10일, 조이스는 파리에 있는 노트르담 대성당을 방문했다. 그는 합창단의 노래를 들었고 센강(Seine)을 따라서 걸었다. 시간이 지날수록 조이스는 특별한 목적 없이 떠난 자신의 영적 여행과 아직 어떻게 될지 모를 예술가로서의 미래가 잘될 거라는 근거없는 확신에 가득 차 있었다.

그러나 성당에서 돌아온 그를 기다린 것은 아버지에게서 온 전보였다.

... 자신을 다시 더블린의 잔인한 현실과 맞닥뜨리게 만든

"어머니 위중, 빨리 집에 오기 바람. 아버지가."

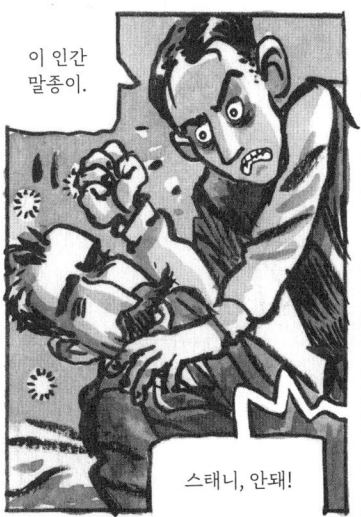

조이스 가족은 변변한 가구 없이 다 쓰러져 가는 집에 살고 있었다. 가난에 찌든 생활과 어머니의 죽음은 조이스 가족 모두를 절망으로 몰아넣었다.

더러운 뒷마당에는 배고픈 암탉들이 모이를 찾아서 바닥을 쪼고 있었다.

가난과 어머니의 죽음에 이미 망가질 대로 망가진 조이스는 글을 쓰기 시작했다.

... 그리고 쉬지 않고 그의 첫 번째 작품을 끝마쳤다.

세계가 극찬할 조이스 작품의 서막이 열리고 있었다.

쿨쿨

조이스는 이 책을 『젊은 예술가의 초상(*A Portrait of the Artist as a Young Man*)』이라고 불렀으며, 『젊은 예술가의 초상』은 조이스 자신에 대한 존경과 조소를 섞은 작품이었다.

그러나 어떤 출판사도 조이스의 이런 존경에 동의하지 않는 듯했다.

죄송합니다. 저는 제가 이해할 수 없는 책은 출판할 수 없습니다. 게다가 이 책은 상당히 외설적이네요.

노라는 조이스에게 그녀의 예전 남자친구였던 윌 보드킨(Will Bodkin)에 대해 이야기했다. 윌은 노라가 더블린을 떠나기 전에, 그녀를 보기 위해서 집 주위를 서성거렸다. 당시 노라는 창문을 통해서 윌을 보고 있었다. 그는 건강이 좋지 않았고, 설상가상으로 그날 비가 엄청나게 많이 왔다. 이 때문인지 윌은 얼마 지나지 않아 죽고 말았다. 그날 링센드(Ringsend)에서 조이스는 노라에게 첫눈에 반해버렸다. 이 변덕쟁이인 조이스는 사랑에 있어서는 천재적일 정도로 재주가 좋았다.

조이스는 노라와 꾸준히 편지를 주고받았다.

여전히 핀스 호텔에서 일하고 있던 노라는 시를 사랑하는 낭만적인 사람과 사귄다는 것에 기분이 좋았다.

조이스는 사랑에 빠졌다.

한편, 조이스의 나쁜 습관은 전혀 바뀌지 않았다. 조이스는 계속 코즈그레이브와 흥청망청 술을 마시면서 하루하루를 보냈다.

스티븐슨 그린 (Stephen's Green)에서 어느 날 오후, 조이스는 유부녀에게 치근덕거렸고, 그녀의 남편에게 흠씬 매질을 당했다.

겁에 질린 코즈그레이브는 조이스를 혼자 두고 도망쳤다.

조이스는 수중에 돈이 한 푼도 없었고, 그때마다 친구들에게 도움을 청했다.

조이스는 자신을 친구들에게 빌붙어 사는 기생충으로 생각하지 않았다. 오히려, 그는 자신이 친구들에게 돈을 빌림으로써, 친구들이 미래의 천재에게 도움을 줄 수 있는 영광을 선사하고 있다고 생각했다.

그래서 그는 친구들이 이런 영광을 저버리는 것을 이해할 수 없었다.

러셀은 조이스에게 《아이리쉬 홈스테드(*Irish Homestead*)》저널에 시골 생활의 애환을 담은 글을 써 보라고 제안했다. 글이 실리면, 조이스는 1파운드를 받을 수 있었다.

러셀의 조언을 따라, 조이스는 「자매들(The Sisters)」을 쓰기 시작했고, 「자매들」은 조이스 어머니의 사촌인 나이 많고 미친 신부에 관한 이야기이다.

그때부터, 조이스는 세상을 냉소적인 태도로 바라보았다. 조이스는 노라가 자신을 좋아하고, 자신은 예술에 재능이 있다고 확신했다. 조이스는 미래가 없는 아일랜드, 마비된 사회, 보수적인 교회, 그리고 심지어 아일랜드 문예부흥 운동 자체에 대해서도 탐탁지 않게 생각하고 있었다.

시인인 조이스는 노라를 자신에게 시적 영감을 주는 뮤즈라고 생각했다. 노라를 통해서, 조이스는 숨겨진 세상의 아름다움들을 발견할 수 있었다. 노라를 통해서, 조이스는 아름다움과 인생의 신비로움을 이해할 수 있었다. 노라를 통해서, 조이스는 자신이 어릴 때 가졌던 순수함과 영적인 연민을 다시 가질 수 있었다.

노라의 영혼, 그녀의 이름, 그리고 그녀의 눈동자들은 조이스에게는 비에 젖은 야생 울타리 속에서 온갖 고난을 헤치고 자라는 아주 사랑스러운 파란색 야생화 같았다.

그녀의 영혼과 함께 있으면, 조이스는 자신의 영혼이 떨리는 것을 느꼈다. 그리고 한밤중에 잠이 깨어, 날이 샐 때까지 조이스는 "노라, 노라"며 그녀의 이름을 애절하게 부르곤 했다.

1904년 9월, 조이스는 낯설지만 아주 멋진 곳으로 이사를 했다.

그곳은 샌디코브(Sandycove)에 있는 마텔로 타워(Martello Tower)였는데, 이 타워는 나폴레옹 전쟁 당시 아일랜드를 방어하기 위해서 만들어진 전쟁 진지 중 하나였다.

변덕스러운 성격의 영국계 아일랜드인인 올리버 고가티와 사무엘 트렌치(Samuel Trench)가 조이스와 함께 살았으며, 이들은 이곳에서 소위 말하는 자유로운 보헤미안 커뮤니티를 형성했다.

타워에서의 삶은 검소하면서도 즐거움이 넘쳤다.

그러나 고가티는 시간 날 때마다 조이스를 놀려 댔다.

이 장난은 조이스가 견딜 수 없을 때까지 계속되었다.

3장

새로운 세상

노라, 지금 우리는 인생을 바꿔줄 아주 중요한 여행을 시작했어. 당신은 이게 얼마나 중요한지 모르고 있는 것 같아.

새로 산 부츠 때문에 발이 너무 아파.

1904년 10월 6일, 조이스와 노라는 런던으로 향했다. 조이스는 스위스 취리히의 벌리츠(Beriltz) 학교에서 영어 선생님으로 일하기로 되어 있었다.

그들은 프랑스 파리로 향했고...

파리에 사실상 무일푼으로 도착했다. 조이스와 노라는 수중의 마지막 돈을 탈탈 털어 생자르역(Gare Saint Lazare)에서 파리 동역(Gare de l'Est)까지 택시를 타고 가는 데 써 버렸다.

돈을 빌리기 위해, 조이스는 파리에 있는 친구들에게 연락했다.

그동안 노라는 어느 공원 한쪽에서 가방을 옆에 놓은 채, 의자에 앉아서 하염없이 조이스를 기다리고 있었다.

마침내, 10월 8일 그들은 스위스행 기차를 탈 수 있었다.

조이스와 노라가 머물렀던 호텔은 낡고 냄새나는 아주 허름한 곳이었지만, 그럭저럭 지낼 만했었다.

조이스가 벌리츠 학교의 교장선생님인 알미다노 아르티포니(Almidano Artifoni)를 만났을 때, 문제가 발생했다.

영어교사 자리를 위해서 외국대행사에 2기니나 지불했던 조이스는 무슨 일이 벌어졌었는지 확실히 알 수 있었다.

짐을 다시 싸서 그들은 다시 기차에 올랐다.

... 이번에는 아름다운 오스트리아-헝가리에 위치한 트리에스테(Trieste)로 떠났다.

이곳에서, 조이스는 어떤 영국인 항해사의 다툼에 말려들었다.

경찰이 조이스에게 통역을 해달라고 부탁했다.

그러나 말도 안 되는 실수로 조이스는 철장에 갇히고 말았다.

조이스가 감옥에서 풀려났을 때, 벌리츠 학교 교장은 조이스의 딱한 사정을 듣고 그를 폴라(Pola)에서 일할 수 있게 해줬다.

조이스와 노라의 새로운 정착지는 이스트라반도(Istrian Peninsula)에 위치한 자그마한 마을이었고, 이곳은 오스트리아-헝가리의 군항요지 중 하나였다.

조이스는 이곳에서 벌리츠 선생님인 알레산드로 프란치니 브루니(Alessandro Francini-Bruni)와 친구가 되었다.

폴라에 있는 벌리츠 학교의 학생들은 대부분 오스트리아-헝가리제국의 장교들이었다. 학생 중에는 장차 악명 높은 헝가리의 독재자가 될 해군 중위 호르티(Horthy)도 있었다.

프란치니는 조이스의 고어로 가득 찬 이상한 이탈리아에 흥미를 느꼈다.

즈매(Sirocchia)가 아니라 자매(Sorella)라고 해야 되요.

아, 그렇군요. 감사합니다.

제가 사용하는 이탈리아어 교재가 너무 오래돼서 그러니 이해해주세요.

제가 좀 봐도 될까요?

신곡
(The Divine Comedy)
단테 알기리에리

짐과 노라는 피아노를 빌려서, 프란치니와 다른 친구들과 함께 재미있는 저녁을 보냈다.

그러나 조이스가 폴라에서 가장 행복한 시간을 보내고 있을 때, 상황이 갑자기 안 좋아지기 시작했다.

오스트리아 정부는 폴라에서 스파이 집단의 우두머리인 이탈리아인을 체포했다.

스파이 행위에 대한 보복으로, 황제는 이후 모든 외국인을 추방했다.

조이스 가족은 폴라를 즉시 떠나야 했다.

... 그리고 그들은 앞으로 10년 동안 자신들의 안식처가 될 도시로 돌아갔다.

... 트리에스테

트리에스테. 1905년.

당시 트리에스테는
유럽에서 중요한 항구 중의 하나였다.
트리에스테는 오스트리아-헝가리 제국과
해군에게는 바다의 보물과도 같은 곳이었다.

트리에스테는 범세계적이고 다문화 도시였다.
조이스는 당시 이곳의 다양한 인종에 놀라곤 했었다:

중부유럽인들
발칸반도인들
유태인들
러시아인들
슬라브인들
터키인들

트리에스테 인구의 4분의 3이 이탈리아인들이었다. 그리고 오스트리아-헝가리제국에 저항하는 민족주의 운동은 거세졌다.

조이스는 민족주의자였지만 또한 사회주의자이기도 했다. 그는 종종 교외 외진 곳에 있는 카페에서 노동자들에게 자신의 생각을 이야기하곤 했다.

1905년 초 벌리츠 학교는 어려운 시기였다. 교장인 아르티포니는 조이스에게 박봉의 월급을 주었고, 그는 결혼하지 않은 교사가 이제 막 출산을 앞둔 부인이 있다는 사실 자체를 너무나 싫어했다.

교장은 조이스를 해고하고 싶었지만, 조이스를 따르는 부유한 학생인 소르디노(Sordini) 백작과 랠리(Ralli)남작 때문에 꾹 참을 수밖에 없었다.

노라는 침대에 누워서 숨이 막힐 것 같은 더운 여름을 홀로 견디고 있었다.

그녀가 집 밖에 나갈 때면, 주변 여자들은 노라가 알아들을 수 없는 언어로 무언가 수근거렸다.

노라는 정말 힘든 시간을 보내고 있었다…

마텔로 타워에서의 일 이후로, 조이스는 여전히 고가티에게 화가 나 있었다. 코즈그레이브는 조이스에게 아들인 조르조가 태어난 것을 축하하면서, 이 기회를 틈타 조이스에게 고가티를 용서해달라고 편지를 썼다.

그러나 조이스는 고가티 그리고 고국인 아일랜드와 화해할 생각이 전혀 없었다.

웃기고 있네!

조이스는 『실내악(Chamber Music)』과 『더블린 사람들(Dubliners)』을 탈고했으며, 더블린에 있는 출판업자인 그랜트 리처즈(Grant Richards)에게 원고를 보내려고 준비하고 있었다.

이후, 조이스는 동생인 스태니슬러스에게 트리에스테로 와 달라고 편지를 썼다. 조이스는 동생에게 새로 태어난 아이와 부인에 대한 책임감으로 너무 힘들어 하루하루를 술 없이는 살 수 없다고 말했다.

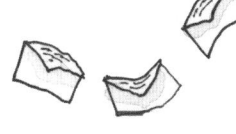
흥!

스태니슬러스는 한 치도 주저하지 않았다. 그는 힘들어하는 형을 돕기 위해서 그리고 우울한 더블린을 벗어나기 위해서 1905년 10월 20일 더블린을 떠났다.

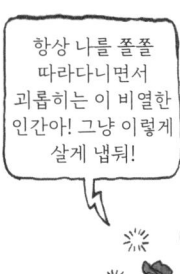

비록 아일랜드에서 멀리 떨어진 곳에서 글을 쓰고 있었지만, 조이스는 항상 아일랜드를 주제로 글을 썼다. 조이스는 영국이 생명력이 넘쳐났던 아일랜드를 불모지로 만들었다는 것을 절대로 잊지 않았다. 영국 때문에 아일랜드에는 빈곤, 매독, 미신과 알코올중독, 청교도인들, 예수회사람들, 그리고 반동분자들로 가득 차게 되었다.

조이스는 트리에스테의 생활을 더 이상 견딜 수 없었다. 결국 7월 31일, 조이스는 노라와 어린 아들 조르조를 데리고 로마로 향했다.

영원의 도시인 로마는 조이스를 감동시키기도 했지만, 두려움에 떨게 만들기도 했다.

"내가 생각하기에 로마는 죽은 할머니 시체를 사람들에게 자랑해서 돈을 버는 것 같아."

조이스는 칼로나 광장(Piazza Calonna)에 있는 오스트리아 은행인 내스트-콜브 슈마허(Nast-Kolb & Schumacher)에서 사무직으로 일했다.

그러나 하루 종일 우울한 표정을 한 이름 모를 사람들에게 둘러싸여 있는 것이 조이스에게는 너무 따분한 일이었다.

물론, 계속 앉아있다 보니 바지에 문제가 생겼다.

"이런 꼴로 일하러 갈 수 없겠는데."

바느질로 꿰맨 부분을 숨기기 위해, 조이스는 한 여름인 8월에도 코트를 벗지 않았다.

"안녕하세요."
"안녕하세요."

로마에서도, 그의 낭비벽은 계속되었다. 그는 많은 시간을 그레코 커피숍(Caffe Greco)에서 보냈고, 트리에스테에 있는 스태니슬러스에게 돈을 송금해달라고 부탁했다.

조이스는 로마에서 찢어지게 가난했고, 단 한 줄의 글도 쓸 수 없어서, 로마를 정말 싫어했다.

9월 말, 리처즈는 조이스에게 『더블린 사람들』을 출판할 수 없다고 편지를 보내왔다. 그러나 리처즈는 조이스의 첫 번째 자서전적인 소설은 출간할 수 있다고 했다.

자신의 작품에 호의적일 것이라고 생각하고, 조이스는 아서 시먼스(Arthur Symons) 에게 『더블린 사람들』을 보냈다.

시먼스도 조이스에게 『더블린 사람들』을 출판할 수 없다는 나쁜 소식을 보내왔다. 그러나 시먼스는 엘킨 매튜스(Elkin Mathews)가 조이스의 시집을 출판할 수 있을 것이라고 귀띔해줬다.

1월 17일, 매튜스는 『실내악』 출판 계약서를 조이스에게 보냈다.

비록 아일랜드로부터 멀리 떨어져 살고 있지만, 조이스는 아일랜드 소식에 정통했다.

고가티는 이제 장래가 촉망되는 젊은이였다. 그는 조이스와의 소원해진 관계를 회복하기 위해서 꾸준히 조이스 가족에게 조이스의 안부를 묻곤 했다.

케틀은 이제 의회의 일원이었고, 아일랜드 문제에 대해 이야기하는 것을 무척 좋아했다.

조이스는 친구인 케틀의 의회보다는 아서 그리피스(Arthur Griffith)와 신페인당(Sinn Fein)을 지지했다.

정치와는 담을 쌓고 있었던 조이스는 마침내 정치적 입장을 밝히기로 결정했다.

그리피스의 《아일랜드의 연합단체 (United Irishman)》는 아일랜드에서 유일하게 공신력 있는 신문이었고, 그리피스는 영국과 성직자들을 싫어하는 카리스마 넘치는 지도자였다.

예전 파넬과 그의 의회가 가진 한계를 본 후, 조이스는 아일랜드의 독립에 대한 생각을 접었었지만, 그는 이제 신페인당에서 그 희망을 보았다.

그러나 더블린은 너무나 멀리 있었고, 조이스는 현재 자신이 처한 상황이 더 급했다. 로마의 자그마한 아파트에서 더 심각한 일이 일어났다. 노라가 다시 임신을 한 것이다.

그래서 조이스는 다시 짐을 싸서, 트리에스테로 돌아갔다. 스태니슬러스는 이 거머리 같은 인간들이 그다지 반갑지 않았다.

같은 해 봄, 조이스의 첫 번째 시집인 『실내악』이 출판됐다.

그러나 조이스는 당시 홍채염으로 고생하고 있어서, 이 경사를 즐길 수가 없었다.

며칠 후, 노라는 조이스가 입원한 병원에 다른 이유로 입원했다.

7월 26일, 딸인 루치아(Lucia)가 태어났다.

조이스가 처한 재정적인 문제는 그의 사업가 기질을 깨웠다. 조이스는 사실 말도 안 되는 방법을 사용해서 돈을 벌려고 했다.

조이스의 첫 번째 계획은 아일랜드에서 트위드 천을 수입해서 이탈리아 재단사들에게 파는 것이었다.

다음으로, 그는 오페라 배우로 먹고 살기 위해서 음악 레슨을 받았다.

또 그 이후에는, 공무원 시험 준비를 했다.

며칠 지난 후, 조이스는 로열대학교 (Royal University)에서 현대문학을 공부하기 위해 장학금을 신청했다.

... 그러나 마음을 바꾸어서 플로렌스 (Florence)에서 선생님이 되고 싶었다.

10월 5일, 조이스는 소파에서 몸을 쭉 뻗고 누워 있었다.

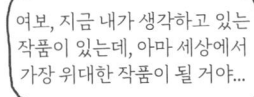

조이스는 또한 유대인인 슈미츠에게 자신이 『율리시스』에 사용할 히브리어에 관련된 질문을 하곤 했다.

"열두 개의 부족은 유다 부족, 베냐민 부족, 그리고 당시 땅을 갖지 못한 레위 부족은 고대 유대와 이스라엘의 두 부족으로 나뉘었고..."

조이스는 슈미츠와 함께 있는 것이 너무나 즐거웠다. 둘은 친구가 되었으며, 슈미츠는 조이스의 작품에 많은 영감을 주었다.

7월에, 조이스는 갑자기 아일랜드 상황을 알아보고 싶었다.

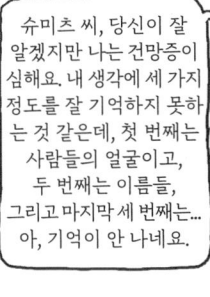

자신을 배신했던 친구들이 뭘 하고 지내고 있는지.

그 친구들을 만나러 가면, 자신에게 무슨 일이 일어날지.

결국, 조이스는 그 암울한 더블린에 돌아가서 자신이 그 구덩이 속에 스스로 파묻혀 보기로 했다.

7월 29일에, 더블린의 킹스타운(Kingstown)에 우편선이 도착했고, 그 우편선엔 조이스와 그의 아들 조르조가 타고 있었다.

아빠 우리 어디 가요?

나도 아직 잘 모르겠어.

조이스는 그의 오래된 친구들을 일일이 찾아다녔다.
먼저, 그는 아버지인 존 조이스와 함께 술을 몇 잔만 마시기로 했지만, 결국 흥에 차서 술집에서 라 트라비아타(La Traviata)를 불렀다.

어느 날 오후, 그는 메리온 광장에서 우연히 고가티를 만났다.

아, 우리 같이 즐기자, 술잔과 노래와 웃음이 밤을 아름답게 꾸미는구나. 이 낙원 속에서 우리에게 새로운 날이 밝아오네...

조이스, 이런 맙소사. 이 망할 인간아!

나는 이제 사람들한테 존경받는 시민이라고. 그리고 장래가 촉망받는 외과 전문의이지. 나는 결혼도 했고, 돈도 많고, 일리 플레이스(Ely Place)에 큰 저택도 있고, 운전기사도 있어.

내가 나의 오랜 벗인 자네를 점심 식사에 초대하고 싶은데.

그래 이게 너의 복수 방식이군.

고가티, 너는 예전에 네가 싫어하던 모든 세속적인 것들에 굴복했군. 그래.

힘든 시간이 지난 후, 좋은 소식들이 들리기 시작했다.
8월 19일, 조이스는 '홈과 로버츠(Home & Roberts)'
출판사와 『더블린 사람들』 출판 계약에 서명했다.

한편, 더블린에 있는 조이스 가족은 붕괴되기 시작했다.
지금까지 집안일을 홀로 떠맡았던 마거릿은 너무나 지친
나머지 수녀가 되기 위해 뉴질랜드에 있는 수녀원으로 떠났다.

조이스는 노라가 전에 이야기한
그녀의 애정사가 궁금해서
노라의 고향인 골웨이를 방문했다.

노라의 이모와 이모부의 부엌에서,
조이스는 전통 코노트(Connacht)
민요를 불렀다.

아침마다 조이스는 갈매기들을 보면서
바닷가를 산책하곤 했다.

조이스는 노라에 대한 그리움으로
한숨을 짓곤 했다.

트리에스테에 돌아와서, 조이스는 부자가 되는 아주 기발한 생각을 가지고 있었다.

그는 영화 가맹점을 운영하고 있는 3명의 슬로베니아 사람을 만났다. 조이스는 그들에게 50만 명의 사람이 살고 있지만, 영화관이 단 하나도 존재하지 않는 도시에 대해 이야기했다.

금전적인 지분을 갖는 조건으로, 제가 그 도시가 어디인지 알려드리겠습니다.

물론, 그 도시는 더블린이었다. 조이스는 회사를 위해 더블린을 다시 방문했다. 그는 아일랜드의 수도인 더블린에 최초의 영화관을 열 생각이었다.

조이스는 더블린의 중심가인 색빌(Sackville)에서 괜찮은 건물을 발견했고, 그 건물을 보수 및 개조하기 시작했다.

조이스는 도장공, 플로리스트, 미장공...

전기 배선공, 음악가, 무대 담당자들과 계약을 했다.

... 그리고 12월 20일에, 볼타(Volta) 극장이 오픈했고, 3편의 프랑스 드라마가 상영되었다.

『더블린 사람들』의 출판 문제는 여전히 해결되지 않고 있었다. 1910년 12월, 로버츠(Roberts)는 조이스에게 『더블린 사람들』을 이듬해 1월에 출판할 수 있을 것 같다고 편지를 보내왔다.

조이스는 매우 기뻤지만, 이내 곧 좌절에 빠졌다.

『더블린 사람들』의 출판이 1월에 다시 연기됐다는 이야기를 들었기 때문이다.

출판업자는 조이스에게 『더블린 사람들』에서 선대왕인 에드워드 7세에 관한 모든 부분을 삭제해달라고 부탁했다. 조이스는 화가 많이 났지만, 묘안을 생각해 냈다.

조이스는 당시 영국 왕인 조지 5세에게 『더블린 사람들』의 스토리 중 하나를 보냈고, 이 스토리가 선왕에게 누를 끼치는 것인지 물어보았다.

8월 2일, 왕실 비서실에서 연락이 왔다. 편지에 따르면 왕은 이 문제에 대해서 어떠한 의견도 낼 수 없다고 한다.

이런 외적인 출판 문제와 더불어, 내적인 문제 또한 일어나고 있었다. 이 모든 문제의 핵심에는 로베르토 프레치오소가 있었다.

1911년 말쯤에, 조이스는 다시 돈을 벌 궁리를 했다. 조이스는 이탈리아의 동북부 도시인 파두아(Padua)로 여행했고, 거기에서 조이스는 공립학교 선생님이 되기 위해 시험을 치렀다.

그는 두 개의 에세이를 이탈리아어로 작성했는데, 그중 하나는 디킨스(Charles Dickens)에 관련된 것이었다.

조이스는 총점 450점에서 421점을 받았다. 조이스가 20세기 가장 훌륭한 문장가 중의 한 명이라는 것을 생각한다면 그다지 놀랄 만한 점수는 아니다.

그러나 기쁨도 그리 오래 가지 않았다. 이탈리아 공무원이 되기에는 더블린 대학에서 받은 조이스의 학위는 채용요건에 맞지 않았고, 조이스는 자격 미달로 해고되었다.

채권자는 조이스에게 더 이상 시간을 주지 않았고, 조이스 가족은 2월 24일 집에서 쫓겨났다.

결국 조이스는 비아 도나토 브라만테(Via Donato Bramante)의 작은 아파트로 이사했다.

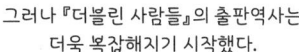

9월 2일 조이스는 아일랜드를 영원히 떠났다. 비록 그는 더블린에 다시 돌아오지는 못했지만, 자신의 소설 속 등장인물을 끊임없이 고향인 더블린으로 보냈고, 조이스 자신도 상상 속에서 더블린을 방문하곤 했다.

4장

자발적 망명

조이스는 아말리아에게 여러 편의 시를 썼고, 티를 내지는 않았지만 그녀에게 끊임없이 구애했다. 그러나 조이스의 일방적인 사랑은 결국 실패할 운명이었으니...

어느 날, 아말리아 포퍼는 결혼을 했고, 플로렌스로 떠났다. 그리고 모든 것이 끝나버렸다.

1913년 11월, 조이스에게 도착한 2편의 편지는 조이스의 인생을 송두리째 바꿔버렸다.

첫 번째 편지는 조이스가 계속 연락을 취했던 출판업자인 그랜트 리처즈에게서 온 편지였다.

두 번째 편지는 예이츠의 미국친구인 에즈라 파운드(Ezra pound)에게서 였다. 파운드는 조이스의 작품을 《에고이스트(The Egoist)》, 《스마트 세트(The Smart Set)》, 《시(Poetry)》와 같은 학술지에 게재하고 싶었다.

에즈라 파운드의 출현은 조이스에게는 한 줄기 빛과 같았다.

파운드는 《에고이스트》가 조이스의 천재성을 입증해줄 이상적인 무대라고 믿어 의심치 않았다. 당시 《에고이스트》는 영국 페미니스트 작가인 도라 마스덴(Dora Marsden)이 운영하고 있었다.

그러나 조이스에게 가장 많은 도움을 준 사람은 해리엇 쇼 위버(Harriet Shaw Weaver)이었다.

그러나 예상과 달리, 너그럽고 관대한 성품을 가진 위버는 조이스와 평생 우정을 함께했다.

어떤 사람도 엄격한 퀘이커 종교 밑에서 자란 이 소심한 영국 여성이 까다롭기라면 혀를 내두를 조이스와 잘 지낼 것이라고는 생각조차 못했을 것이다.

상황이 조이스에게 유리하게 돌아갔다. 그리고 1914년 6월 15일, 『더블린 사람들』의 초판본 1250부가 드디어 세상에 나왔다.

열정에 가득 찬 조이스는 쉬지 않고 다음 작품에 매진했고, 그는 『젊은 예술가의 초상』의 연재분을 《에고이스트》에 보냈다.

1차 세계대전으로 인해서 영국과 오스트리아 간의 우편서비스가 중지되었고, 이로 인해 책 출판 또한 연기되었다.

다행히, 에토레 슈미츠의 장인이 무라노(Murano)에 개인 소유의 공장을 가지고 있었다. 그래서 전쟁이라는 장애물에도 불구하고, 『젊은 예술가의 초상』의 몇몇 챕터가 이탈리아를 경유해서 무라노에 도착했다.

조이스가 『젊은 예술가의 초상』을 마무리 짓고 있을 때, 도시에서 폭동이 일어났다. 이탈리아 영사관이 오스트리아-헝가리 정부를 옹호하는 폭도들에 의해서 공격당했다.

마침 이곳을 지나던 조이스와 조르조는 놀라서 도망쳤다.

동생인 스태니슬러스는 조이스보다 더 급진적이었고, 가리발디(Garibaldi)의 반교권 자유주의 운동에 강력한 지지를 보냈다.

... 이 때문에, 1월 9일 스태니슬러스는 체포되어, 전쟁이 끝날 때까지 오스트리아의 전쟁포로수용소에 구금되었다.

에즈라 파운드, 포드 매덕스 포드(Ford Madox Ford), 그리고 H.G. 웰스 모두
조이스에게 영국으로 떠나라고 권유했다. 그러나 이 고집 센 아일랜드인은 가족과 함께 스위스에 머물렀다.

조이스는 전쟁을 피하는 데 성공했지만, 가난을 피하지는 못했다. 그는 생활비가 비싼 취리히에서 무일푼 신세였다.

이런 조이스에게 에즈라 파운드가 도움의 손길을 주었다. 그는 위버와 예이츠에게 조이스의 상황을 이야기했고, 예이츠는 왕립문학재단(Royal Foundation for Literature) 측에 조이스의 재정 상황이 매우 좋지 않아서, 정부 보조금이 절실하다고 호소했다.

재단은 조이스의 문학적인 재능을 인정하여, 그에게 75파운드의 보조금을 지원했다.

재정적인 여유와 전쟁의 위험에서 벗어난 조이스는 편안한 마음으로 집필을 계속했다.

1916년 부활절, 더블린에서 부활절 봉기(the Easter Rising)가 일어났다.
결국 우체국에서 반란군들은 포위당했고, 봉기의 주도자는 체포되었다.

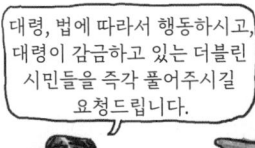

1916년 초반,
조이스는 여전히 작품을 출판하는 데 어려움을 겪고 있었다.
조이스는 『망명자들』을 예이츠에게 보냈다.

그러나 예이츠는 『망명자들』을
애비 극장에서 상연하기에는
적절치 않다고 생각하고 거절했다.

얼마 지나지 않아, 『젊은 예술가의 초상』을 출판했던
핑커(Pinker) 또한 『망명자들』을 거절했다. 그는 도덕적이지
못하고 독창성이 부족한 『망명자들』을 출판할 수 없다고 했다.

이후, 불가능을 모르는 해리엇 위버가 등장했다.
그녀는 조이스에게 25파운드의 원고료를
미리 지불하고 『망명자들』 출판을 준비했다.

그러나 문제는 여기에서 끝나지 않았다.
3월에, 7명의 인쇄업자들이 차례대로 후에 혹시라도 벌어질
법적 소송을 걱정하며 『망명자들』 인쇄를 거절했다.

마침내 7월 19일, 이 지지부진한 문제가 해결되었다.
뉴욕의 W.B 휩시(Huebsch)가 『망명자들』을
출판하고 싶다고 연락을 취해왔다.

위버의 도움 이외에,
많은 도움의 손길들이 기다리고 있었다.

에즈라 파운드는 그가 가진 모든 수단을 동원해서 조이스가 단체의
후원을 받을 수 있도록 힘썼다. 그는 예이츠와 조지 무어에게
도움의 손길을 요청했고, 급기야 영국 수상과의 만남을
주선해줄 수 있는 커나드 여사(Lady Cunard)를 직접 만났다.

영국 수상 애스퀴스(Asquith)의 비서는
조이스의 작품들을 읽었고, 깊은 감명을 받았다.

8월, 영국 수상은 조이스에게 100파운드의
상금을 수여했다.

12월에, 휩시는 미국판 초판 『더블린 사람들』과
『젊은 예술가의 초상』 초판본을 출간했다.

그러나 조이스의 고된 삶은 쉽게 끝나지 않았다.

조이스 가족은 계속해서 이집 저집으로 이사했고, 그들의 어수선한 삶 또한 여전히 계속되었다. 1915년에 그들은 헤인하스타쎄 7번가(Reinhardstrasse)로 이사했다.

10월에 코올츠스타쎄(Kreutzstrasse)로 이사했다.

그리고 1916년 3월에 그들은 지페이즈스타쎄(Seefeldstrasse)에 살았다.

많은 커피숍과 식당으로 가득 찬 이곳은 항상 단골손님들로 붐볐다. 조이스는 적십자 병원에서 자유분방한 기질을 가진 사람들과 함께 '낯선 사람들 클럽(Club des Étrangers)'을 만들었다.

와인 상인
폴 비더케르
(Paul Wiederkehr)

그리스 커뮤니티의 일원
폴 포카스
(Paul Phokas)

조이스의 학생 중의 한 명인
폴 루지에로
(Paul Ruggiero)

폴란드인 담배 제조상인
체르노빅
(Czernovic)

독일인 코러스 가수 마르키스
(Marquis)

"오, 루지에로, 그들은 내 책을 절대로 출판하지 않을 것 같아."

"어쨌든..."

"낙담하지 말자고! 자 건배하세, 친구들!"

건배! 건배!

1917년, 아이러니하게도 전쟁 때문에, 취리히는 세계 극장의 중심지가 되었다. 전 세계에서 가장 중요한 극장 회사들이 전쟁을 피해, 모두 취리히로 모이기 시작했다.

조이스는 『망명자들』을 무대에 올리고 싶어 안달이 났었다. 그때 조이스는 전직 배우였던 영어 강사를 만나게 되는데, 그의 이름은 클로드 W. 사이크스(Claud W. Sykes)였다.

얼마 지나지 않아, 조이스는 사이크스의 아름답고 사랑스러운 아내이자 배우인 데이지 레이스(Daisy Race)와도 친해졌다.

조이스는 이제 이 도시의 다양한 문화의 일부분이 되어 갔다. 그는 오스트리아 작가인 레네 시켈레(René Schickele)와 독일인 극작가인 프랑크 베데킨트(Frank Wedekind)와도 친하게 지냈다.

그러나 눈 통증이 재발되었고, 그 고통은 점점 심해졌다.

어느 날, 조이스는 녹내장으로 인한 극심한 고통에 힘들어했으며, 조금씩 시력을 잃어가고 있었다.

조이스는 점점 더 유명해지고 있었다. 당시 저명한 뉴욕 변호사인 존 퀸(John Quinn)은 에즈라 파운드의 추천으로 조이스의 『망명자들』의 원고를 구입했다.

5월에 『젊은 예술가의 초상』에 대한 비평이 《배니티 페어(Vanity Fair)》에 실렸고, 호평 일색이었다.

그리고 많은 작가 중에서도 예이츠, 그레고리 여사, T.S. 엘리엇(T. S. Eliot), 그리고 H.G. 웰스가 『젊은 예술가의 초상』에 찬사를 보냈다.

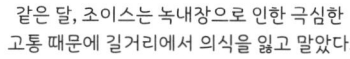

8월, 조이스는 『망명자들』 출판 계약서에 서명했다.

같은 달, 조이스는 녹내장으로 인한 극심한 고통 때문에 길거리에서 의식을 잃고 말았다.

홍채 절제술 이후에, 조이스는 겨울 동안 로카르노(Locarno)에서 휴식을 취했다.

로카르노에서 조이스는 매력적인 독일인 의사 거트루드 캠퍼(Gertrude Kämpffer)를 만났다.

장난기 가득한 조이스는 그녀에게 추파를 던지기 시작했다.

캠퍼 양, 저는 당신을 너무 사랑합니다. 괜찮다면, 제가 당신에게 편지를 써도 될까요?

왜 저에게 편지를 쓰려고 하죠?

당신을 흥분시키려고요.

조이스는 악필로 그의 첫 성 경험을 이야기했고, 그녀가 이 글을 보고 흥분하기를 원했다. 그는 캠퍼에게 자신이 어렸을 때, 보모가 숲속 나무 뒤에서 소변보는 소리를 들으면서 오르가슴을 느꼈던 경험을 이야기했다.

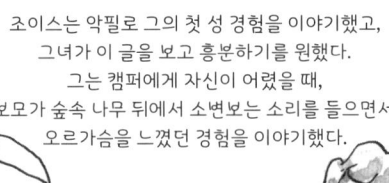
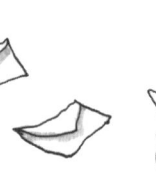

거트루드는 조이스의 성 경험을 전혀 좋아하지 않았다.
그녀는 조이스의 편지들을 다 없애버렸으며,
답장도 전혀 하지 않았다.
사실 시작도 하지 말았어야 할 로맨스는
결국 조이스 혼자만의 흥분으로 끝나버렸다.

『율리시스』에 대해서 이야기하자면, 첫 번째 챕터는 이미 출판 준비가 되어 있었다. 파운드와 위버는 『율리시스』가 단행본이 아니라 연재되어야 한다고 생각했다.

1918년 3월, 『율리시스』의 첫 번째 챕터가 《리틀 리뷰(Little Review)》에 실렸다.

그러나 조이스의 집필은 취리히에 있는 연방은행(Eidgenössische)의 책임자에게서 온 한 통의 편지에 의해서 잠시 늦춰졌다.

편지에 따르면, 조이스는 이 은행을 직접 방문해야 했다. 조이스는 빌린 모닝코트를 입고 은행을 찾았다.

은행의 책임자는 익명의 후원자가 조이스에게 매달 1000프랑을 후원해주기로 했다고 이야기했다.

어떻게 된 일인지는 모르겠지만, 조이스는 일순간에 부자가 되었다. 그러나... 도대체 누가? 익명의 후원자는 누구일까?

이 익명의 후원자는 유명한 정신분석학자인 카를 융(Carl Jung)의 후원자인 록펠러-매코믹(Rockerfeller-McCormick) 여사도 아니었고, 물론 다른 작가나 예술가도 아니었다.

조이스가 자신에게 찾아온 이 행운에 대해서 생각하고 있을 때, 클로드 사이크스가 조이스를 방문했다. 둘은 취리히에 극장을 설립하기로 결정했다.

이 두 아일랜드 사람에 의해서 만들어진 새로운 프로젝트는 '영국 배우들'이라는 다소 특이한 이름을 가지고 있었다.

조이스는 자신이 만든 극장에서 『망명자들』을 무대에 올리고 싶었지만, 오스카 와일드(Oscar Wilde)의 『진지함의 중요성(The Importance of Being Earnest)』이 초연작으로 선택되었다.

4월 29일 저녁, 취리히의 카우프로이텐(Zur Kaufleuten) 극장은 사람들로 가득 찼다.

공연은 성공적이었다.

물론, 조이스가 출연료 때문에 배우하고 말다툼을 벌인 것을 제외하면 말이다.

... 조이스는 극장 프로듀서로서 일하는 것을 매우 행복해했다.

'영국 배우들'이라는 극장 일과는 별개로, 조이스는 남은 생애 동안 자기의 가장 친한 친구 중 한 명으로 남게 될 인물을 만나게 되었다.

그의 이름은 프랭크 버젼(Frank Budgen)이었다. 버젼은 영국 선원이었으며, 후에 조각과 그림을 그리는 데 일생을 바쳤다.

버젼의 절친은 폴 서터(Paul Sutter)로, 그는 스위스인이었다. 셋은 술을 좋아했고, 이내 유쾌한 3인조가 되었다.

사실 처음에는 이 그룹의 유쾌함을 사람들이 좋아하지 않았다. 그러나 이 유쾌함은 중독적이어서, 이내 사람들 사이로 퍼져 나갔다.

저기요, 샴페인 좀 더 주세요.

술 좀 그만 마셔요. 더 이상 참을 수 없어요. 마실려면 복도에 나가서 마셔요.

알았어요... 딸꾹! 자, 복도로!

짝짝짝

조이스는 쉬지 않고 집필 작업에 몰두했다.

어느 날 그는 홍채염 때문에 두 눈에 극심한 통증을 느꼈고, 얼마 동안 아무것도 할 수 없었다.

그래도 1918년 5월에 『망명자들』이 영국에서는 출판업자 리처즈에 의해서 그리고 미국에서는 출판업자 휩시에 의해서 출판된 것이 아픈 조이스에게 많은 위안이 되었다.

'영국인 배우들'은 계속해서 연극을 상연했다. 6월 17일 그들은 파우엔(Pfauen) 극장에서 싱의 『바다로 가는 기사들』을 상연했다.

그날 노라는 어머니 역할을 아주 훌륭하게 연기해 냈다.

연극은 성공적이었다. 그리고 『율리시스』는 《리틀 리뷰》에 계속 연재되고 있었다.

그러나 『율리시스』의 법적 소송에 대한 위험은 항상 도사리고 있었고, 위버는 마침내 결단을 내렸다.

에즈라, 그녀가 우리를 도와줄까요?

버지니아 울프(Virginia Woolf)잖아요. 누구도 그녀가 무슨 생각을 하는지 알 수 없어요.

취리히에서, '영국인 배우들'은 스탠리 호턴(Stanley Houghton)의
『힌들 웨이크스(Hindle Wakes)』를 연습하고 있었다.

그러나 세계대전은 결국 중립국인 스위스까지 영향을 끼쳤다.
스위스 내에서 총파업이 일어났고, 독일혁명이 각 지역으로 퍼지고 있었다.

중앙정부는 취리히를 여러 감시지역으로 나누었으며,
계엄령을 선포하여 대규모의 군인들을 이 감시지역 곳곳에 배치했다.

'영국 배우들'도 정부의 이런 조치에 영향을 받았다. 연습을 계속하기 위해서, 그들은 군인들의 심기를 거슬리지 않아야 했다. 그런데 배우 중 한 명이 독감으로 죽고 말았다.

조이스는 연극을 프랑스, 영국, 그리고 이탈리아에서 상연하며, 극단에 활력을 불어넣으려고 노력했다. 조이스는 배우들을 계속 연습시켰다.

1917년 12월 2일, '영국 배우들'은 펠리체 카발로티(Felice Cavallottis)의 『노래의 노래(Il cantico dei cantici)』, 밴빌(Banville)의 『입맞춤(Le Baiser)』, 그리고 브라우닝(Browinig)의 『발코니에서(In a Balcony)』의 세 작품을 공연에 올렸으며, 기타는 루지에로(Ruggiero)가 그리고 조이스가 무대의 오프닝 송을 노래했다.

충분한 재정적인 지원을 받지 못했기 때문에, '영국 배우들'은 이 어려움을 극복하지 못했다. 이 공연을 마지막으로, 극단은 문을 닫게 되었다.

그러나 조이스의 여행은 끝나지 않았다.

조이스가 사랑에 빠진 이 아름다운 젊은 여성은
마사 플라이쉬만(Martha Fleischmann)이었다.
그녀는 한쪽 다리를 약간 저는 스위스 귀족이었다.

조이스는 그녀에게 편지를 쓰기 시작했고,
자신을 유명하지만 이제 문학적인 영감을 다 소진한
작가라고 소개했다. 조이스는 그녀가 보고 싶었다.

친구인 버전의 스튜디오에서, 조이스는 마사와 은밀한 관계를 맺고 있었다.

이 이상한 데이트 이후, 조이스는 이 부유한 상류층 여성에게 흥미를 잃고 말았다.

이후 마사는 심각한 정신이상 증세에 시달렸고, 결국 정신 요양원에 보내졌다. 그곳에서 마사는 자신의 옳지 못했던 처신에 대해서 자책했으며, 속바지에 대해 말도 안 되는 궤변을 늘어놓았던 조이스를 비난했다.

조이스의 눈의 통증은 계속되었다.
통증으로 인해서 더 이상 집중을 할 수 없었던 조이스는 독한 술인 압생트(absinthe) 대신에 와인을 마시기
시작했다. 너무 지치고 신경질적으로 변한 조이스는 버전과 함께 로카르노(Locarno)로 휴양을 떠났다.

『율리시스』를 집필하는 동안, 조이스는 일곱 명의 남편을 두었던 미망인인 레저(St Leger) 남작 부인을 방문했다. 남작 부인은 마조레호(Lake Maggiore)의 브리사고(Brissago)의 섬에 살고 있었다.

의심의 여지없이, 그녀에게서 그리스 신화만큼 흥미진진한 이야기가 나올 것만 같았다.

노를 너무 천천히 젓는 것 같아, 버전.

자꾸 짜증나게 할 거야?

어서 오세요.

조이스는 집필 작업에 몰두했고, 『율리시스』의 「사이렌(Sirens)」 에피소드를 쓰기 시작했다.

그러나 조이스의 가장 큰 지지자인 파운드와 위버마저도 이 에피소드를 이해할 수 없었고, 급기야 그들은 『율리시스』 책 자체의 문학성을 의심하기 시작했다.

그러나 작가인 조이스는 「사이렌」 에피소드에 관한 모든 것을 설명할 수 있었다. 조지 브로치(George Borach)와 산책 도중에, 조이스는 브로치에게 「사이렌」 에피소드를 설명했다.

8월, 마침내 조이스의 『망명자들』이 무대에 올랐다. 초연은 뮌헨에서 상연되었다.

조이스가 떠난 이후로, 트리에스테는 정말 많이 변했다.
트리에스테는 이제 이탈리아 왕국에 속했으며, 더 이상 세계의 중심이 아니었다.

조이스 또한 많이 변했다. 행복한 나날을 보냈던 이 도시에서,
그는 이제 이방인이 되어버렸다.

전쟁 포로였던 스태니슬러스, 아일린,
그리고 그녀의 체코인 남편과 함께 아주 작은 아파트에서
조이스 가족은 힘든 나날을 보내고 있었다.

그렇지만 그의 유머 감각은 여전했다.

온갖 역경 속에서도 조이스는 『율리시스』 집필을 계속했고, 그는 이제 「태양신의 황소들(Oxen of the Sun)」 에피소드를 쓰고 있었다.

1920년 6월 8일, 조이스는 시르미오네(Sirmione)에서 에즈라 파운드를 만났다. 조이스는 파운드에게 자신의 후원자가 누구인지 집요하게 물어봤지만, 파운드에게 어떠한 대답도 듣지 못했다.

그러나 얼마 지나지 않아서, 조이스는 후견인이 누구인지 알아냈다.

그녀는 바로 출판업자인 해리엇 위버였다.

조이스는 이 사실을 믿을 수가 없었다.

트리에스테의 따분한 삶에 환멸을 느낀 조이스는 파운드의 조언에 따라 새로운 도시로 이사했고, 이 도시는 두 팔 벌려 조이스를 환영하고 있었다.

5장

조이스와 셰익스피어 앤드 컴퍼니

1920년 파리에서, 조이스는 이미 유명한 작가였다.

파리의 지식인들은 조이스가 오기만을 학수고대하고 있었고,
조이스는 오자마자 많은 친구들을 사귀었다.

내털리
클리퍼드 바니
(Natalie Clifford
Barney)

라메종 데자미
데리브르(La Maison
des Amis des Livres)
서점의 아드리엔
모니에(Adrienne
Monnier)

작가 에이전트 제니 세루이스
(Jenny Serruys)

레미 드 구르몽
(Rémy de Gourmont)

류드밀라 블로치-사비츠키
(Madame Ludmila Blotch-Savitsky)

폴 발레리
(Paul Valéry)

앙드레 스피어
(André Spire)

파리에서 바쁜 와중에도,
조이스는 취리히에 있는 그의 친구 프랭크 버전을 그리워했다.
사실 버전은 파리에 오는 걸 좋아하지 않았다.
그래서 조이스는 버전에게 다음과 같이 비꼬는 투의 편지를 보냈다:

사랑하는 나의 친구 버전에게:

여행하는 건 사실 매우 쉬워. 객차 안에만 들어가면 게임 끝이야. 객차는 물론 기차 엔진 다음에 있는 거야, 알지? 객차 문을 열고 가지고 온 짐과 같이 의자에 조심스럽게 착석하면 돼. 그러면 객차 안에서 어떤 사람이 다가와서 자네가 주는 돈 대신에 종이 쪼가리 같은 것을 써줄 거야. 이 종이 위에는 '파리행'이라는 글자가 써 있을 거야. 자, 거기가 내가 살고 있는 곳의 있는 역 이름이야. 물론, 다치지 않게 기차가 출발하기 전에 앉아야겠지? 이게 전부야. 만약 자네가 내가 이야기한 걸 잘 따른다면, 그리고 뭐 특별한 문제가 생기지 않는다면, 우리는 조만간 만나게 될 거야.

자네가 보고 싶어서 안달이 난,
조이스로부터.

1920년, 『율리시스』에 관한 소송이 미국에서 진행되었고, 책 내용이 도덕적이지 못하고 음란하다며 출판이 금지되었다.

출판업자인 마거릿 앤더슨(Margaret Anderson)과 진 히프(Jean Heap)가 미국의 검열을 피해서 『율리시스』를 세르비아에서 인쇄했지만, 결국 그들은 재판에 넘겨졌다.

《리틀 리뷰》의 변호사인 존 퀸은 우체국 본사에 직접 가서 거세게 항의했지만 소용없었다.

『율리시스』가 실린 《리틀 리뷰》 잡지는 몰수되었고…

… 그리고 불태워졌다.

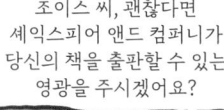

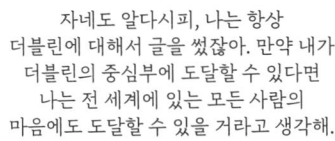
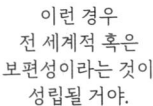

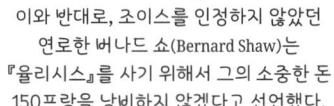

『율리시스』 출판에 대한 사람들의 관심은 기대 이상이었다. 이 책을 선구매한 사람 중에는 앙드레 지드(André Gide), 예이츠, 헤밍웨이(Hemingway), 아일랜드 공화국 군대의 총사령관, 그리고 윈스턴 처칠(Winston Churchill) 등이 있었다.

이와 반대로, 조이스를 인정하지 않았던 연로한 버나드 쇼(Bernard Shaw)는 『율리시스』를 사기 위해서 그의 소중한 돈 150프랑을 낭비하지 않겠다고 선언했다.

1920년 9월, 파리의 많은 예술가와 작가에게 조이스는 매력적이었지만 또 베일에 싸인 인물이기도 했고, 조이스에 대한 많은 루머가 퍼지고 있었다.

조이스는 더블린에 거주하는 오스트리아 스파이다.

... 오스트리아에 거주하는 영국 스파이다.

... 취리히에 거주하는 신페인당의 스파이다.

... 코카인 중독자이다.

... 다다이즘의 창시자다.

... 볼셰비키 혁명가 중의 한 명이다.

... 중국 황후의 남자친구다.

조이스가 센강에서 매일 목욕을 한다는 소문도 있었다.

... 그리고 잠을 자기 전에는 항상 검은색 장갑을 낀다는 이야기도 있었다.

이 모든 소문은 조이스의 심기에 거슬렸다. 그러나 동시에

... 그는 은근히 이 소문을 즐기기도 했다.

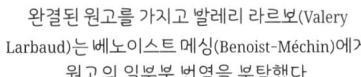

12월 7일, 대략 250명의 사람들이 셰익스피어 앤드 컴퍼니의 책방에 꽉 들어찼다.

라르보는 조이스의 작품과 『율리시스』의 난해함을 설명했다.

남자 배우가 『율리시스』의 한 부분을 낭독했다.

... 그리고 마침내 당황해서 어쩔 줄 몰랐던 조이스는 대중들의 열화와 같은 박수갈채를 받았다.

『율리시스』는 얼마 지나지 않아, 사람들 사이에서 지식을 뽐내는 척도로 사용되었다. 그들에게 『율리시스』를 읽는 것은 자신이 똑똑하다는 일종의 우월의식을 보여주는 표식이었다.

『율리시스』는 복잡하고 수수께끼들로 가득 찬 책이었으며, 이 책이 『오디세이』와 구조가 비슷하다는 이 단순한 사실을 아는 데에도 많은 공부가 필요했다. 많은 사람들이 『율리시스』를 읽으려고 노력했지만, 이 책에 대한 리뷰를 쓰려고 시도조차 하지 않았기 때문에, T.S. 엘리엇은 자신이 이 어려운 책을 리뷰하기로 결심했다.

물론, 파리의 모든 사람들이 『율리시스』에 대해서 좋은 평가를 내린 것은 아니었다. 버지니아 울프는 『율리시스』는 "독학한 노동자가 쓴 책인 것처럼 형편없으며… 이 책을 읽고 있으면 마치 별 볼 일 없게 생긴 학생이 자신의 더러운 여드름을 긁고 있는 것을 볼 때 느끼는 짜증과 분노를 생각나게 한다"고 말했다.

거트루드 스타인(Gertrude Stein)은 위대한 실험주의자라는 타이틀을 조이스에게 뺏겼다고 화를 냈다.

조이스가 훌륭한 작가인 건 맞아.

그렇지만 실험적인 시도를 누가 먼저 했지? 조이스야 아니면 나야?

내 책은 1908년에 출판되었어!

!

어니스트 헤밍웨이(Ernest Hemingway)는 『율리시스』를 칭찬했으며, 『율리시스』에 대한 그의 존경심을 숨기지 않았다.

조지 무어는 『율리시스』를 매우 싫어했고, 이를 대놓고 드러냈다.

조이스는 정말이지 역사에 길이 남을 위대한 책을 썼어.

뭐, 이 아일랜드인인 조이스에 대해서 말하자면, 그는 이제 한물갔잖아.

『율리시스』는 작가의 철학이 담긴 예술 작품이 아냐. 이건 런던의 안내 책자를 그대로 베낀 복사본일 뿐이야.

『율리시스』는 끔찍한 졸작이야.

1921년 12월, 아일랜드 자유국가가 탄생했다.

파리에서 조이스는 그의 오랜 친구인 아서 그리피스가 행정부의 수반이 된 것에 대해 매우 기뻐했다.

그러나 그리피스는 얼마 지나지 않아 뇌출혈로 사망했으며, 이후 조이스는 아일랜드에서 일어나는 모든 일에 희망을 가지지 않았다.

조이스가 예견했듯이, 정치와 종교로부터 자유로운 아일랜드는 꿈에서나 가능한 이야기였다. 데 발레라는 1922년 1월 7일에 체결된 조약을 받아들이지 않았고, 결과적으로 얼스터(Ulster) 지역은 여전히 영국령으로 속하게 되었다.

4월 13일, 유혈이 낭자한 아일랜드 내전이 일어났다.

장차 무슨 일이 생길지 알지도 못한 채, 노라는 조르조와 루치아를 데리고 골웨이로 갔다. 사실 조이스는 노라가 아이들을 데리고 골웨이로 가는 걸 극구 반대했었다.

당시, 조이스는 파리에 있었고, 아일랜드의 위험한 상황 때문에 걱정하다 못해서 쓰러질 지경이었다.

조이스의 불안한 예감은 맞았다. 어느 날 군인들이 길 건너편에서 은폐하고 있던 아일랜드 공화국 소속 저격수를 공격하기 위해서, 노라의 침실로 갑자기 들이닥쳤다.

골웨이에서 더블린으로 돌아가는 기차에는 양쪽에서 날아든 군인들의 총알로 넘쳐 났다.

무사히 돌아온 노라와 아이들은 파리에서 조이스와 극적으로 상봉했다. 조이스는 이 일 때문에 마음고생을 너무 많이 했다.

아일랜드의 총리인 데즈먼드 피츠제럴드(Desmond Fitzgerald)가 조이스를 노벨 문학상 후보자로 추천하고 싶다고 했을 때, 조이스는 이를 받아들이지 않았다.

7월, 조이스는 안과 전문의에게 진찰을 받기 위해 런던으로 떠났다.

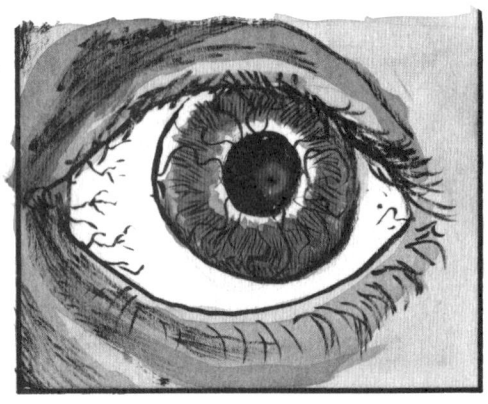

진찰 결과는 그다지 희망적이지 못했다. 의사는 조이스의 눈 왼쪽에 있는 핏물들을 더 이상 제거할 수가 없었고, 이 때문에 녹내장으로 인한 고통은 계속되었다.

프랑스에서, 조이스는 아주 고통스러운 치료를 받았다. 의사는 조이스에게 디오닌 진통제를 투여하고 거머리를 이용해서 눈 안에 있는 죽은 피들을 강제로 뽑아냈다.

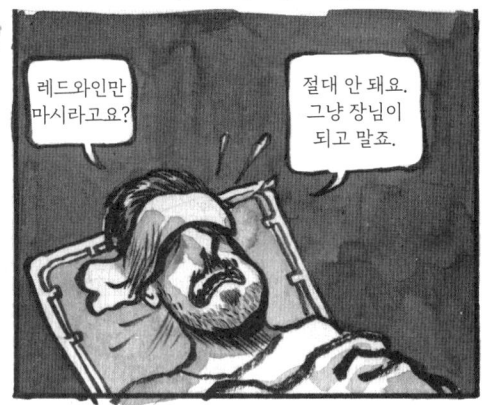

의사가 조이스에게 아픈 눈 때문에 화이트와인을 포기하고 레드와인을 마셔야 한다고 했을 때, 조이스는 더 이상 버틸 수가 없었다.

레드와인만 마시라고요?

절대 안 돼요. 그냥 장님이 되고 말죠.

악화된 건강과 달리 『율리시스』는 대단히 성공적이었다. 『율리시스』의 2판이 10월 12일에 출판되었으며, 4일 만에 완판되었다.

그 당시, 조이스는 『율리시스』에 대해 더 이상 생각하고 있지 않았다. 조이스는 다음 작품에 대해서 고심하고 있었다.

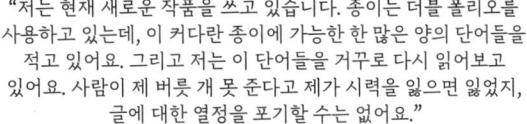

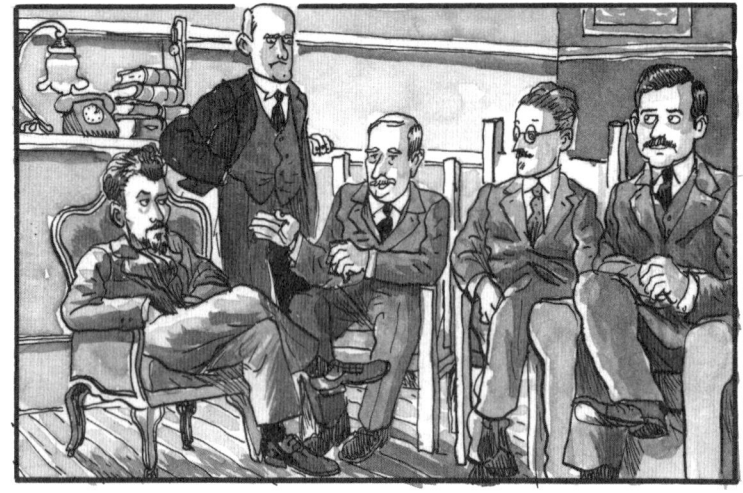

발레리 라르보가 조이스의 슈미츠 돕기에 동참했고, 그는 『제노의 의식』에 대한 리뷰를 유명 문예지인 《프랑스 신비평(Nouvelle Revue Française)》과 《코머스(Commerce)》에 실었다.

아드리엔 모니에도 『제노의 의식』에 대한 리뷰를 이 두 문예지에 실었고, 그녀는 심지어 《나비르 다르장(Le Navire d'Argent)》의 문예지의 한 호 전체를 이탈로 스베보만을 다루었다.

그 결과 조이스는 수렁에 빠진 이탈로 스베보를 소생시켰다.

그동안, 조이스는 새로운 집필 작업에 몰두하고 있었다. 이 작품은 1924년 《트랜스애틀랜틱 리뷰(The Transatlantic Review)》에 실릴 예정이었다.

흥미롭게도, 조이스는 아직 이 책의 제목을 결정하지 못했다. 조이스는 간단히 『집필 중인 책(Work in Progress)』이라고 적어 놓았다.

사실, 이 임시 제목은 이 책이 출판될 때까지 그대로 사용되었다.

파리에 돌아온 조이스는 저녁마다 고통에 시달렸다. 그의 결막염은 상공막염으로 악화되었다.

조이스는 모르핀 없이는 한숨도 잘 수 없었다.
그는 가끔 고통 때문에 자신이 미칠지도 모른다고 생각했다.

의사는 조이스에게 엄격한 식이요법과 매일 10킬로미터씩 산책하는 처방을 내렸다.

... 이 처방에 조이스는 특유의 빈정거림으로 응수했다.

여보, 내가 아무것도 먹지 않은 빈속에, 한쪽 눈은 붕대를 해서 잘 보이지도 않고 다른 한쪽 눈은 붓기가 채 가시지도 않은 채 짙은 안개와 이 망할 놈의 교통체증으로 엉망인 파리의 거리를 매일 10킬로미터씩 걸을 수 있다면, 레지옹 도뇌르 훈장 (Légion d'Honneur)을 받아야 할 거야.

침침한 눈에도 조이스는 쉬지 않고 글을 썼다.

조이스는 한 줄씩 쓸 때마다 메모하고, 또 고치기를 반복했다. 그리고 어떤 안과의사도 자신의 집필에 대한 열정을 멈출 수 없다고 다짐하고, 조이스는 끊임없이 새로운 아이디어를 생각해 내려고 애썼다.

언어 실험으로 가득 찬 『집필 중인 책』은
집필 초기부터 사람들을 당황스럽게 만들었다.

조이스의 영혼의 대들보인 위버마저도 이 작품을
이해할 수 없었지만, 그녀는 조이스를 무조건 지지했다.

에즈라 파운드 역시 조이스의
새 책을 전혀 이해할 수가 없었다.

"짐에게, 이 책이 가지고 있는
모든 혼돈은 아마도 어떤 의미가
있겠지. 혹은 성병인 임질을
고치는 데 필요한 화학 공식일지도
모르겠고. 사실 난 하나도 모르겠어."

"그래서 내가 해 줄 수 있는 말은,
행운을 빌어."

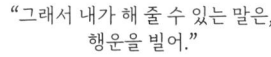

이 사건 이후로, 에즈라 파운드는 의식적으로
조이스와 거리를 두기 시작했다

『집필 중인 책』이 유럽에서 쓰이고 있는 동안,
『율리시스』의 해적판이 인쇄업자 로스(Roth)에
의해 출판되어 뉴욕에서 팔리고 있었다.

조이스의 미국 변호사들은 즉시 법적조치를 취했고,
로스는 국제적으로 망신을 당했다.

로버트 브리지스 (Robert Bridges), 아인슈타인(Einstein), 뒤아멜(Duhamel), 지드, 고메스 데라세르나 (Gómez de la Serna), 피란델로(Pirandello), 러셀, 시먼스, H.G. 웰즈 그리고 많은 사람들이 『율리시스』 해적판 출판을 반대하는 성명서를 냈다.

이상하게도, 파운드는 성명서에 서명하기를 거부했고, 조이스와 파운드 사이의 불화는 커져 갔다.

흥! 조이스는 대중의 관심만 중요하지.

성명서와 항의에도 불구하고, 로스의 인쇄 기계는 10월까지 계속해서 돌아갔다.

그러나 12월, 뉴욕 고등법원이 조이스의 손을 들어주었고, 로스는 1933년 까지 『율리시스』를 출판할 수 없었다.

이 격정과 같은 시기에 조이스는 후에 자신에게 많은 도움을 줄 두 사람을 만나게 되었다.

... 그들은 유진(Eugene)과 마리 졸라스(Marie Jolas)였다.

6장

『집필 중인 책』

유진 졸라스(Eugene Jolas)는 영어, 프랑스어, 그리고 독일어에 능통했고, 글을 아주 좋아했다.

그와 그의 아내는 아주 훌륭한 커플이었다. 이들은 자신들만의 인생 철학이 될 만한 예술론을 찾고 있었다.

이 부부는 언어의 자유로움과 상상력을 옹호하는 『단어의 혁명(Manifesto of the Revolution of the Word)』을 출판했다.

이들은 창조적인 실험을 추구하는 《트랜지션(Transition)》 문예지를 창간했다.

책을 출판하고 문예지를 창간한 후, 이 커플은 자신들의 목표를 이루어줄 수 있는 작품을 찾고 있었다.

물론 조이스의 『집필 중인 책』이 그들의 목표를 이루어 줄 수 있었다.

1927년 4월, 조이스의 『집필 중인 책』이 《트랜지션》에 선을 보이기 시작했다.

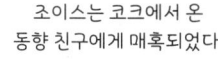

1930년, 조이스는 평생에 걸쳐서 자신이 믿을 수 있는 몇 안 되는 친구를 만나게 된다.

그는 망명자인 러시아 출신 유대인 폴 레옹(Paul Léon)이었다.

레옹은 법과 문학에 해박한 지식을 가지고 있었다. 그는 조이스에게 단순한 조언자 이상이었다. 레옹은 조이스의 눈이자 양심이었다.

레옹과의 우정은 조이스를 넘어서 아들인 조르조에게까지 영향을 미쳤다.

... 이러한 이유로 레옹 가족은 1930년 12월 10일 조르조와 미국인인 헬렌 플라이쉬만(Helen Fleischmann)과의 결혼식에 참석했다.

1932년, 파리에서 조이스의 『집필 중인 책』의 「여울목의 빨래하는 아낙네들(Anna Livia Plurabelle)」에 대한 독회가 열렸다.

먼저 조이스의 녹음본이 재생되었다.

그리고 아드리엔 모니에가 프랑스어로 「여울목의 빨래하는 아낙네들」을 읽었다.

독회 분위기가 종교적으로 너무 엄숙해서 로버트 맥알몬은 조금씩 짜증이 나기 시작했다.

뒤자르댕(Dujardin)은 맥알몬이 혼자 중얼거린 말이 자신의 아내를 뚱뚱하다고 놀린 것으로 오해했다. 이 소동 때문에, 독회는 예기치 않게 빨리 끝나 버렸다.

1932년, 미국에서 『율리시스』의 출판 금지 분위기가 점점 바뀌고 있었다.

랜덤 하우스(Random House)는 『율리시스』 판권을 3월에 사들였다. 출판 금지 소송사건은 아직 결론이 나지 않았지만, 출판업자들은 긍정적이었다.

한편, 미국의 종교 문예지 중의 하나인 《가톨릭 월드(Catholic World)》가 조이스와 그의 작품을 신랄하게 공격했다.

설상가상으로, 이 글의 저자는 마이클 레넌(Michael Lennon)이었다. 그는 더블린 판사였으며, 한때는 조이스 가족의 친구이기도 했다.

그러나 조이스는 아버지가 위중해서 드럼콘드라 병원에 입원했기 때문에, 레넌의 비평 따위에 신경 쓸 여력이 없었다.

12월 29일 제임스 조이스의 아버지인 존 조이스는 세상을 떠났다.

아버지가 돌아가신 후에, 조이스는 슬픔으로 무척 괴로워했다. 그는 아버지가 돌아가시기 전에 더블린으로 돌아와서 아버지의 임종을 지키지 못한 것 때문에 너무 힘들어했다.

이유야 어쨌든, 조이스는 그의 아버지가 가장 사랑한 아들이 아니었던가…

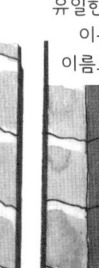

… 그리고 아버지는 조이스가 당신의 모든 것을 이어받은 유일한 아들임을 증명하려는 듯 이름도 손수 자기와 같은 이름으로 지어주지 않았는가.

놀랍게도, 수년 동안 빚과 연체금마저 있는 상황에서도, 조이스의 아버지는 거의 700파운드나 되는 돈을 조이스에게 물려주었다.

그가 임종 직전에 "세상에 어느 누구도 나만큼 없는 형편에 돈을 모으려고 노력한 사람은 없어"라고 말한 것이 증명이 된 셈이다.

그러나 조이스의 슬픔은 머지않아 다른 행복으로 대체되었다.

1932년 2월 15일, 손자인 스티븐 조이스(Stephen Joyce)가 태어났다.

루치아의 상사병을 고치기 위해, 조이스는 폴 레옹의 러시아 친구인
포니스보스키(Ponisovsky)와 루치아를 결혼시키려 했다.

포니스보스키는 혹시라도
나중에 자기가 책임질 일이 생길까 봐
무서워서 바로 줄행랑 쳐버렸다.

포니스보스키가 도망가자,
실낱같은 희망마저 날아갔다.
조이스는 어쩔 줄 몰랐다.

... 그리고 조이스는 그저
루치아를 껴안아 주기만 했다.

루치아에게 무슨 일이 일어났는지 이해할 수
없었던 조이스는 처음에는 슬픔에 잠겼고
다음에는 세상에 대한 분노로 가득 찼는데...

... 마침내 절망했다.

1932년 조이스, 비치, 그리고 아드리엔 모니에와의 관계는 소원해졌다.

경제 여파로, 비치는 더 이상 모험을 할 수 없었고, 『율리시스』의 판권마저도 메이저 출판사인 '오디세이 출판사(Odyssey Press)'에 넘겼다.

순탄치 않았던 『율리시스』의 처음과 끝을 같이했던 비치는 너무 지쳤었다. 그리고 조이스의 냉대가 그녀를 더욱 힘들게 했다.

조이스가 비치에 대해서 공공연하게 험담하고 다니는 것은, 비치가 조이스에게 그간 해준 것을 생각했을 때 정당하지도 못하고 매우 이기적인 행동이었다.

그 당시, 조이스는 사람들에게 천재 작가로 인정받았다. 워너 브라더스는 조이스의 『율리시스』의 영화 판권을 사려고 했지만 실패했다.

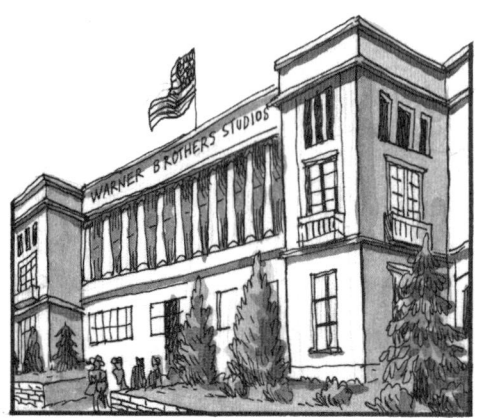

... 그리고 세르게이 예이젠시테인(Sergei Eisenstein)은 조이스에게 방문해서 『율리시스』의 영화화 가능성을 타진하기도 했다.

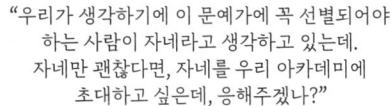

7월, 루치아는 취리히 기차역에서 히스테리를 심하게 부렸다.

7월 말, 루치아는 니옹에 있는 포렐박사(the Doctor Forel)의 정신병원에 입원했다.

심하게 화를 낸 후, 모든 에너지를 소비한 루치아는 깊은 잠에 빠져들었다. 루치아는 자신이 만들어 놓은 상상 속에서 부모님이 자신을 괴롭힌다고 생각했다.

포렐박사의 정신 회유를 이용한 공격적인 치료는 루치아를 공포에 떨게 만들었다.

6일 후, 조이스는 병원에서 루치아를 데리고 나왔다.

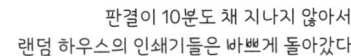

1934년 2월 2일, 루치아는 자신의 생일파티에서
어머니를 때리고 다시 니옹의 병원에 입원했다.

루치아는 멍하니 아무런
반응을 보이지 않았다.

루치아가 괜찮을 거라는 조이스의 한 줄기 희망은
어느 날 루치아가 '가짜환각현상(pseudohallucinatory)'으로 인한
정신분열증세를 일으키고 병원에서 달아나면서 산산조각 났다.

루치아는 어느 농부에 의해서
국경 근처 산속에 있는 쉼터에서 발견됐다.

조이스는 포기하지 않고 루치아를 치료하려고
노력했으나, 그녀의 상태는 점점 더 악화만 되었다.

9월 28일,
루치아는 퀴스나흐트(Küsnacht)에 있는 개인 병원에 입원했다.

절망감에 사로잡힌 조이스는,
자신이 혐오해왔던 의사에게 도움을 청했다.

카를 구스타프 융 박사
(Doctor Carl Gustav Jung).

루치아는 융과 활발하게 대화를 나누었고,
상당히 행복해 보였다. 그러나 이것은 착각에 불과했다.

초기 몇 번의 성공 후에,
융은 루치아를 완전히 통제하지 못했다.

융은 아버지와 딸은 여러 가지 생각, 집착,
그리고 언어를 공유한다고 생각했다. 융은 조이스와 루치아를
강바닥에 있는 부녀로 비유했다. 융은 아버지인 조이스는 수영해서
올라올 수 있는 능력을 가지고 있는 반면에 딸인 루치아는
이런 능력이 없어서 계속해서 가라앉기만 하고 있다고 설명했다.

어디서 이 멍청한
스위스 유물론자가
내 영혼을 지배하려고!

1936년 3월,
루치아는 프랑스 파리에서 구속복을 입은 상태로
르베지네(Le Vésinet)에 있는 병원으로 이송되었다.

그러나 병원의 책임자는 루치아가 너무 위험해서 특별한
시설을 갖춘 병원에서 치료를 받아야 한다고 생각했고,
루치아를 돌려보냈다.

4월, 루치아는 이브리(Ivry)에 있는
델마스(Delmas) 의사의 사립 정신병원에 입원했다.

조이스는 루치아를 자주 보러 갔고,
언젠가 루치아가 완벽하게 치유될 거라는
희망을 포기하지 않았다.

조이스에게 루치아는 미친 것이 아니었다.

적어도, 루치아는 자기 자신처럼
조금 유별난 것 뿐이었다.

참, 기구한 운명이구나.

1937년에 조이스는 자신의 책에 전념하고 싶었지만, 정치적인 문제들이 그의 발목을 잡았다.

『율리시스』를 이탈리아어와 독일어로 번역하는 일이 취소되었다. 러시아인들은 조이스를 스파이로 의심했지만, 조이스는 콧방귀도 뀌지 않았다.

『율리시스』에서 유대인을 희화화했다고 비난을 받았던 조이스는 이제 주변에서 일어나고 있는 일에 더 이상 모른 척 할 수 없었다.

1938년, 조이스는 자신의 친구인 헤르만 브로흐(Hermann Broch)가 비엔나에서 영국으로 피신하도록 도와줬다.

조이스의 도움으로, 그의 친구 아들인 샤를로트 소에먼(Charlotte Sauermann)과 또 다른 친구의 조카인 에드먼드 브라우치바(Edmund Brauchbar)가 독일에서 도망칠 수 있었다.

조이스는 16명 이상 되는 사람들이 피난할 수 있도록, 프랑스 대사관과 연줄이 있는 패드라익 콜럼과 아일랜드 법무부에 연락을 취했다.

전쟁의 위험이 점점 더 고조되는 9월, 조이스는 노라와 함께 라볼르(La Baule)에서 메송 드 상테에서 오는 기차를 기다리고 있었다. 이 기차를 타고 다른 환자들과 루치아가 함께 올 계획이었다.

그러나 이 계획은 취소되었고, 조이스와 노라는 루치아를 만나지 못했다.

9월 30일, 뮌헨 조약이 체결되었다. 당시 영국의 수상인 체임벌린(Chamberlain)은 승리를 과시했다.

그러나 조이스는 이 승리를 믿지 않았다.

글쎄, 현 상황을 보자면 유럽을 히틀러에게 내준 꼴이잖아.

머, 그래도 내 책을 끝낼 수는 있겠군.

음악 그리고 스위스 와인과 함께, 조이스는 그의 마지막 작품을 끝냈다.
그리고 조이스는 이제 인생의 마지막 여정을 시작했다.
암울하고 칠흑 같은 어둠 속에서도 인생을 즐겼던 조이스.
시대의 불운과 슬픔을 그의 책에서 풍자와 해학으로 녹여냈던 조이스.

7장

마지막 여정

1939년 5월 7일, 조이스는 영국 신문 《옵저버(The Observer)》에서 놀랄 만한 기사를 읽었다.

그 기사에 따르면, 『피네간의 경야』는 "갖은 농담들의 집약체"이며, "조이스 특유의 불굴의 유머가 잘 녹아들어 있다"고 찬사 일색이었다.

이 기사의 저자는 조이스의 오랜 친구인 올리버 고가티였다.

마침내, 메종 드 상테에서 루치아를 포함한 다른 환자들이 라볼르로 긴급 후송되었다.

8월 28일, 조이스와 노라는 루치아를 포함한 환자들 호송차량을 따라갔다.

환자들이 거주하게 될 휴양지는 피난민들과 군인들로 가득 차 있었다. 고조된 긴장감이 전쟁이 임박했음을 알려주고 있었다.

낙담에 처한 조이스는 동네 카페를 자주 돌아다녔으며, 이 와중에 영국인 의사와 친해졌다.

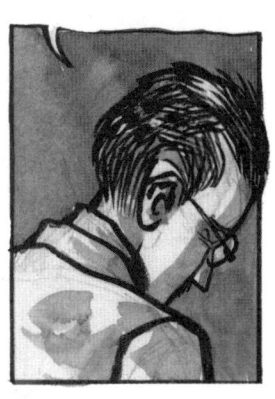

4월 9일, 독일은 덴마크와 노르웨이를 침공했다. 이후 벨기에와 네덜란드를 침공했다.
5월, 독일은 프랑스를 침공했다. 28일, 벨기에는 독일에게 항복했다.
6월, 이탈리아는 독일과 전쟁을 시작했다.

6월 14일, 파리는 점령당했다.

6월 26일, 조르조는 파리가 독일군에게 점령당하기 전에 극적으로 탈출하여 생제랑르퓌에 돌아왔다.

같은 날. 폴 레옹도 생제랑르퓌에 나타났다.

이 둘은 오랜만에 대화를 나누었고, 마침내 화해했다.

후에 레옹은 파리로 돌아갔다. 그는 나치스에 체포되었고 가까운 수용소에 보내졌다. 1942년, 레옹은 그가 단지 유대인이라는 이유 때문에 처형당했다.

레옹, 다시 보게 되어 정말 기뻐.

이곳에 며칠 있으려고 왔어.

잘 지내게, 오랜 친구여.

12월 14일, 조이스, 노라, 조르조, 그리고 스티븐은
생제랑르퓌에서 기차를 타고 제네바로 향했다.

17일, 조이스 가족은 취리히의 중앙역에 도착했다.

조이스는 36년 전에 자기를 환영해주었던
도시로 다시 돌아왔다.
그러나 이제 그는 몸이 너무 쇠약했고 병들어 있었다.

너무나 똑똑했고 그리고 또 너무도 오만했던 조이스는
이제 그의 모든 에너지를 소진한 상태였다. 그는 손자인 스티븐이
눈사람을 만들면서 노는 것을 지켜보면서 오후를 보내곤 했다.

1월 9일 저녁, 조이스는 극심한 복통에 시달렸다.

조이스는 적십자 병원으로 긴급히 후송되었다.

엑스레이 촬영 결과 조이스의 병명은 천공으로 인한 십이지장 궤양이었다.

일요일 새벽 2시 15분, 조이스의 심장은 더 이상 뛰지 못했다.

앙굴렘(Angoulême)에서, 2010년 11월 15일 월요일   알폰소 자피코

제임스 조이스는 가난, 좌절, 검열, 신성모독과 외설에 따른 법정 고소, 전쟁, 그리고 심각한 건강 악화 등을 경험했다. 조이스는 여러 가지 난관을 극복하고 『더블린 사람들』, 『젊은 예술가의 초상』, 『율리시스』, 그리고 『피네간의 경야』를 출판했다. 그의 작가로서의 여정 동안, 조이스는 아일랜드 민족운동가인 찰스 파넬과 마이클 콜린스를 포함해서 위대한 작가들인 예이츠, 헤밍웨이, 베케트, 그리고 카를 융과 블라디미르 레닌 등을 만났다. 더블린 출신의 반항아이자 반획일주의자 그리고 고국 아일랜드에 대한 혹독한 평론가였던 조이스는 아내인 노라와 함께 자발적인 망명길에 올랐으며, 이후 파리, 폴라, 트리에스테, 로마, 런던, 그리고 마지막으로 취리히에서 삶을 마감했다.

옮긴이의 말

『제임스 조이스: 어느 더블린 사람에 대한 일대기』를 처음 접했을 때, 사실 이 만화 자서전이 조이스의 삶을 얼마나 정확하게 다루고 있을지 의심이 먼저 들었다. 그러나 어렸을 때부터 만화를 좋아했고, 리처드 엘먼의 두꺼운 조이스 자서전에 지친 나는 이 책을 주저없이 집어 들어 읽기 시작했다. 한 달에 한 번 열리는 조이스 독회를 마친 회식 자리에서 한 교수님께서 조이스가 교사로 일했던 학교를 기억하지 못해서 여러 선생님들께 물어보던 중 나는 가방 안에 들어있던 이 만화 자서전을 꺼내어 "취리히의 벌리츠학교입니다"라고 대답했다. 이후 다른 교수님들도 이 만화 자서전에 대해서 관심을 가지셨고, 이 일을 계기로 나는 이 만화 자서전을 더욱 신뢰하기 시작했다. 시간 날 때마다 엘먼의 자서전과 비교해봤으며, 이 만화 자서전에서 나는 조이스 관련 어떤 오류도 발견하지 못했다. 읽을 때마다, 나는 점점 작가인 자피코만의 특유의 문체와 그림에 매료되었다. 특히, 어린 조이스의 친구들에 대한 이야기는 아직까지도 깊은 여운으로 남아있다. 조이스 전공자로서 그리고 만화 애호가로서 이 만화 자서전을 적극 권한다. 특히, 조이스에 관심있는 독자에게 이 책은 아주 좋은 조이스 입문서가 될 것이다.

이 책을 출간하는 데 많은 도움을 주신 분들께 감사의 말씀을 전하고 싶다. 무엇보다도, 『제임스 조이스: 어느 더블린 사람에 대한 일대기』의 번역 의뢰를 문의했을 때, 흔쾌히 허락해주신 어문학사 윤석전 사장님께 감사를 드린다. 그리고 번역 교정을 세 번씩이나 도와주신 연세대 이영규 교수님께 감사드린다. 이영규 교수님의 도움이 없었다면, 조이스 자서전에서 가장 중요한 날짜 오류를 찾아내지 못했을 것이다. 마지막으로, 번역을 하는데 좋은 환경을 만들어 준 아내와, 딸, 그리고 아들에게 감사의 말을 사랑을 가득 담아 전한다.

2021년 6월 23일
장성진

제임스 조이스: 어느 더블린 사람에 대한 일대기

초판 1쇄 발행일 2021년 7월 31일

지은이 알폰소 자피코
옮긴이 장성진
펴낸이 박영희
편집 박은지
디자인 어진이
마케팅 김유미
인쇄·제본 AP프린팅
펴낸곳 도서출판 어문학사
    서울특별시 도봉구 해등로 357 나너울카운터 1층
    대표전화: 02-998-0094 / 편집부1: 02-998-2267, 편집부2: 02-998-2269
    홈페이지: www.amhbook.com
    트위터: @with_amhbook
    페이스북: www.facebook.com/amhbook
    블로그: 네이버 http://blog.naver.com/amhbook
           다음 http://blog.daum.net/amhbook
    e-mail: am@amhbook.com
    등록: 2004년 7월 26일 제2009-2호

ISBN 978-89-6184-977-7(07840)
정가 18,000원

※잘못 만들어진 책은 교환해 드립니다.